La Petite Lumière

Éditions Verdier
11220 Lagrasse

Du même auteur
chez le même éditeur

La Petite Lumière
Traduit par Laurent Lombard, 2014

Fable d'amour
Traduit par Laurent Lombard, 2015

Les Incendiés
Traduit par Laurent Lombard, 2016

Les Ouvertures
Traduit par Laurent Lombard, 2021

Antonio Moresco

La petite lumière

Roman

Traduit de l'italien par
Laurent Lombard

Verdier/poche

www.editions-verdier.fr

Titre original : *La Lucina*

ISBN : 978-2-37856-116-1
ISSN : 1952-2134

Lettre à l'éditeur

Cher Antonio,

Je t'envoie ce court roman, que j'ai écrit il y a quelques mois sur un cahier. Je n'ai pas envie d'en éventer ici l'histoire, en quelques lignes, parce ce qu'il n'est pas facile pour moi d'en parler, parce que je préfère que tu la découvres tout seul, page après page, et ne pas te gâcher la surprise.

C'est une histoire qui surgit d'une zone profonde de ma vie, c'est comme une petite boîte noire. En te parlant de cette chose qui urgeait en moi et que j'étais sur le point de commencer à écrire, un soir je t'ai dit qu'elle serait pour moi, d'une certaine façon, testamentaire, que si je crevais au lendemain de l'avoir écrite, elle serait mon testament. Non pas que je considère qu'elle soit plus significative et plus importante que mes autres livres, tels que Les Débuts *ou* Chants du chaos, *mais justement à cause de sa nature intime, particulière et secrète.*

Cette histoire aussi, tout comme Les Incendiés, *a été une irruption spontanée et soudaine. Tout comme ce livre est une petite météorite qui s'est détachée de* Chants du chaos, *cette histoire est une petite lune qui s'est détachée de la masse encore en fusion de mon prochain roman, qui aura pour titre* Les Increés.

L'idée de départ de La Petite Lumière *tient en quelques lignes, juste une petite scène au milieu de notes griffonnées pendant des années en vue des* Increés. *Je croyais que cette scène trouverait sa place dans ce projet, qu'elle y occuperait tout au plus une demi-page. Or, de toute évidence, elle a travaillé secrètement en moi. Et, à un certain moment, elle a voulu vivre sa propre vie. Alors elle a grandi comme une petite créature siamoise, jusqu'au moment où j'ai dû la détacher de l'autre corps plus grand dans lequel elle s'était initialement lovée.*

Voilà donc l'histoire de ce petit livre que tu as entre les mains.

Antonio Moresco

I

Je suis venu ici pour disparaître, dans ce hameau abandonné et désert dont je suis le seul habitant.

Le soleil vient tout juste de s'effacer derrière la ligne de crête. La lumière s'éteint. En ce moment, je suis assis à quelques mètres de ma petite maison, face à un abrupt végétal. Je regarde le monde sur le point d'être englouti par l'obscurité. Mon corps est immobile sur une chaise en fer dont les pieds s'enfoncent de plus en plus dans le sol, et pourtant, de temps en temps, j'ai le souffle coupé, comme si je chutais assis sur une balançoire aux cordes fixées en quelque endroit infiniment lointain de l'univers.

Le ciel est traversé par les dernières hirondelles qui volent, çà et là, comme des flèches. Elles passent en rase-mottes au-dessus de moi, s'abattant tête la première sur de vastes sphères d'insectes suspendus entre ciel et terre. Je sens le vent de leurs ailes sur mes tempes. Je vois distinctement devant moi le corps noir, plus caréné et plus grand, de quelque insecte englouti par une hirondelle qui le suivait le bec grand ouvert en lançant des cris. Le silence est tel que j'arrive même à entendre le craquement de son corps qui continue à souffrir, broyé et démembré, dans le corps de l'autre animal qui remonte grisé dans le ciel.

Je reste encore un long moment assis là. La lumière disparaît progressivement, tout ce monde végétal devient de plus en plus sombre devant mes yeux. De tous côtés commencent à se lever les cris des animaux nocturnes, invisibles dans le feuillage noir.

Pas un signe de vie humaine.

Excepté, quand l'obscurité se fait encore plus épaisse et que les premières étoiles commencent à paraître, de l'autre côté de cette étroite gorge abrupte, sur une partie plus plane de la ligne de crête, incurvée au milieu des bois comme une selle, chaque nuit, chaque nuit, toujours à la même heure, cette petite lumière qui s'allume soudain.

2

« Qu'est-ce que ça peut bien être, cette petite lumière? Qui peut bien l'allumer? », je me demande tout en marchant dans les rues empierrées de ce petit hameau où personne n'est resté. « Est-ce que c'est une lumière qui filtre d'une petite maison solitaire dans les bois? Est-ce que c'est la lumière d'un réverbère resté là-haut, dans un autre hameau inhabité comme celui-ci, mais de toute évidence encore relié au réseau électrique, qu'une simple impulsion allume toujours à la même heure? »

On n'entend que le bruit de mes pas qui résonnent dans les ruelles, j'aperçois les marches de pierre d'un petit escalier sur le point de s'effondrer, la porte enfoncée d'une étable, les restes de toits en ardoise écroulés et recouverts de plantes grimpantes, d'où jaillissent les cimes de figuiers ou de lauriers poussés entre les gravats, deux abreuvoirs en pierre remplis d'eau, des portails à la peinture éblouissante et craquelée.

« Où je suis? je me demande. Qu'est-ce que je vois? Est-ce que cet endroit hors du monde que mes yeux voient existe vraiment ? Même si personne d'autre que moi, dans tout l'univers, ne sait qu'il existe, ne sait qu'en ce moment il y a un homme absolument seul qui déplace son corps parmi ces dépouilles de pierre sur lesquelles le tourment végétal des plantes grimpantes ne cesse jamais, ni le jour ni la nuit. »

Je descends une route étroite en pente qui mène à un petit cimetière. Quand il y a la lune, on voit distinctement, éclairé comme en plein jour par sa lumière spectrale, le talus de la petite route envahi par la végétation, les précipices d'où monte un bruit d'eau creusant son lit dans les antres sonores des montagnes imprégnées de pluie et dans les gorges, les hautes silhouettes des arbres qui se découpent sur le ciel. Il n'y a que la nuit, dans la lumière lunaire, que l'on comprend ce que sont les arbres, ces colonnes de bois et d'écume qui s'élancent vers l'espace vide du ciel.

S'il n'y a pas de lune, il faut marcher à tâtons dans le noir, sous la bouleversante voûte céleste criblée de myriades d'étoiles inhabitées et d'autres effilochures de lumière.

Une nuit, alors que je descendais le long de cette même route, aussitôt après un tournant où l'obscurité est encore plus dense, j'ai entendu un léger bruit dans le feuillage. J'ai tourné la tête pour regarder. C'étaient deux blaireaux. Ils me fixaient de leurs yeux cerclés de blanc, comme réfléchissants dans l'obscurité. Je me suis arrêté de stupeur. Un des deux blaireaux a traversé rapidement la route, achevant un mouvement qu'il avait probablement commencé avant de me voir apparaître. L'autre s'est figé et a continué à me regarder fixement, terrorisé par cette présence humaine sur son territoire.

Je suis resté immobile moi aussi, pour lui donner le temps de traverser à son tour et de rejoindre le premier blaireau qui était déjà de l'autre côté. Mais il ne bougeait pas. Il continuait à me fixer de ses grands yeux cerclés de blanc, toujours sur le talus de la route, à découvert, tellement affolé qu'il ne parvenait même pas à se dissimuler dans le feuillage.

— Allez, je l'ai exhorté à voix basse. Traverse toi aussi ! Il y a quelqu'un qui t'attend de l'autre côté. Moi, je ne bouge pas, n'aie pas peur, je ne te ferai aucun mal.

Mais le blaireau ne bougeait pas. Je continuais à voir ces deux cercles blancs dans le noir. Alors j'ai fait quelques pas en arrière pour agrandir la distance entre nous et le rassurer. Mais on aurait dit qu'il était cloué sur place. J'ai reculé encore plus. Ça n'a pas suffi. Je suis remonté avant le tournant, pour qu'il ne me voie plus et qu'il se décide à traverser. Je me penchais pour regarder, de temps en temps, pour voir s'il s'était enfin décidé. Mais il y avait toujours ces deux grands cercles blancs et, au milieu des cercles, deux yeux brillants qui regardaient fixement vers moi, devinant ma présence dans l'obscurité.

Cette nuit-là, j'ai dû revenir en arrière jusqu'au hameau pour que le blaireau, entendant le bruit de mes pas qui s'éloignaient de plus en plus, se décide enfin à rejoindre l'autre blaireau, qui l'attendait tapi dans le feuillage.

Cette nuit tout est noir, il n'y a pas de lune. Je marche le long de cette petite route en pente, jusqu'à un dernier tournant derrière lequel on voit subitement les lumignons d'un cimetière. Je descends encore plus, je regarde au loin cette petite galaxie de lumières dans le noir. J'arrive jusque devant le portail fermé. Je regarde de près les lumignons allumés devant les niches, à la couleur indéfinissable, entre l'orange et le rouge, qui palpitent intensément dans l'obscurité de cette nuit sans lune. « Il doit arriver de quelque part une impulsion électrique qui allume aussi ces lumignons…, je me dis. Mais comment se fait-il qu'il y ait un cimetière tout près de ce hameau inhabité ? Qui peuvent bien être les gens ensevelis là-dedans, dans la terre et dans les niches ? D'où peuvent-ils bien venir ? Des hommes, des femmes, et même des enfants, je crois, à voir ces tas de terre plus petits que les autres et ces petites photos à peine éclairées par les lumignons… »

Je retourne chez moi, le long de la route noire, sous ce chambardement d'étoiles. À côté des abreuvoirs de pierre, sans doute sorti de sous une vieille grille en fer sous laquelle on entend l'eau gargouiller, j'aperçois un crapaud, à la silhouette trapue et sombre, qui fuit avec des bonds pesants au bruit de mes pas.

J'entre dans la maison. Je ferme le portillon, même s'il n'y a personne. Je bois deux verres d'eau dans la cuisine. Je monte le petit escalier en bois. J'entre dans ma petite chambre. Je me déshabille, je mets mon pyjama. J'entre dans mon petit lit, qui grince un peu quand je m'étends. Mes oreilles sifflent dans cette absence absolue de sons. Je reste un moment comme ça, les yeux grands ouverts dans le noir. Je ne saurais dire combien de temps. Je suis déjà sans doute entre veille et sommeil quand je crois percevoir des grincements provenant d'en dessous : des petits bruits secs, soudains, peut-être le bois des meubles et des tiroirs qui se contracte et se dilate dans le noir.

Je me lève. Je descends le petit escalier, je déambule un moment au rez-de-chaussée, j'allume la lumière pour vérifier que tout est à sa place et que personne n'est entré, même si je sais qu'il n'y a personne. Je vais même regarder dans les cabinets. Je tire la chasse d'eau, parce qu'il y a un petit écoulement causé par le flotteur qui n'est pas parfaitement en place et qui, dans le silence et dans l'obscurité de la nuit, semble amplifié.

Je retourne au lit. Je suis sur le point de me rendormir. Mais il y a d'autres petits bruits, qui viennent d'en haut, cette fois, dans l'espace entre le plafond et le toit. Car sous les tuiles ou le long de la cheminée se glissent des animaux parfois assez gros, pas seulement des oiseaux mais aussi des bêtes à quatre pattes qui marchent ensuite là-haut dans le noir, au-dessus de ma tête.

J'allume la lumière. Je descends à nouveau du lit. Je prends ma torche. J'appuie l'échelle contre le mur. Je monte. J'ouvre la trappe, toussant à cause de la poussière qui tombe. J'observe d'en bas cette zone sombre pleine de choses immobiles, de bouts de planches, de feuilles de cellophane presque pétrifiées sous un voile de chaux.

Je pointe la torche à droite et à gauche. Mais on ne voit rien, il n'y a pas d'yeux qui me fixent, éblouis, dans l'obscurité.

Je retourne au lit. J'éteins la lumière sur la table de nuit. Mais tout de suite après je me lève encore une fois, parce que je ne me souviens pas si j'ai fermé le volet en bois de la petite fenêtre. Je fais quelques pas, pieds nus sur le plancher. Je me penche un instant vers ces montagnes noires recouvertes de forêts. Je regarde une dernière fois cette petite lumière allumée de l'autre côté de la gorge, dans le noir.

« Qu'est-ce que ça peut bien être, cette petite lumière ? », je me demande encore.

Je ferme la petite fenêtre. Je me remets au lit. Peu après, je m'endors.

3

Ma journée commence tôt.

Je me lave. Je m'habille. Je vais ouvrir les fenêtres. Je regarde pendant un moment tout ce monde végétal immobile comme une apparition. La petite lumière n'est plus là. Il n'y a que ces montagnes recouvertes de forêts à perte de vue. Elles descendent à pic, creusées de grands ravins et de sillons que l'on entrevoit à peine derrière le voile épais du feuillage, comme un paysage primordial modelé à coups de pouce. On distingue seulement, en regardant fixement de ce côté-là, une minuscule surface plus claire qui émerge à peine des arbres.

« Ce ne serait pas une petite maison ?, je me demande. Mais est-ce qu'on peut vivre là-haut, au milieu des bois ? »

Je mange quelque chose. Je lave mon linge sale dans une bassine en plastique que je pose dans l'évier. Je vais l'étendre sur une corde tirée entre deux poteaux écorcés que j'ai trouvés au bord d'un sentier, quand je suis venu ici. Je lave la vaisselle une fois par jour, le soir, dans cette maison de pierre, dans le silence absolu qu'il y a tout autour.

En face, plus bas, sur l'à-pic recouvert de forêts, se dresse un châtaignier moitié vivant et moitié mort. Sa haute cime s'élève, nue et blanche, sur le vert des arbres, pétrifiée, tandis que le reste est un déchaînement luxuriant de feuilles. Il y en a beaucoup d'autres comme ça, des châtaigniers surtout, je crois. Certains sont presque complètement morts, et se découpent sur la forêt dans leur évidence spectrale. Mais, de quelque point de ces troncs fossiles, quand c'est la saison, partent deux ou trois branches chargées de bogues à se briser.

Parfois je m'arrête devant un de ces arbres et je le regarde.

— Mais comment on peut vivre comme ça ? je lui demande. C'est impossible pour les hommes : ou ils sont vivants ou ils sont morts. Enfin, c'est ce qu'on croit…

Il ne me répond pas.

J'effleure de la main sa surface lisse, écorcée et pétrifiée. Et puis la partie vivante, recouverte de feuilles. J'imagine le fleuve de sève qui coule, tourbillonnant sous l'écorce, longeant la partie morte et puis se jetant dans cette nouvelle branche qui se tend vers l'espace, inventée par sa pression même.

Et il y a aussi, à certains endroits escarpés où le terrain s'est éboulé, des racines d'arbres vivants posées sur des affleurements de roche nue ou bien complètement hors de terre, tendues dans le vide. De gros arbres écrasés à leur base par un rocher qui s'étirent à même le sol et puis tordent leurs cimes vers le ciel. De petits troncs poussés les uns à côté des autres et puis englobés par un autre tronc. Des troncs qui montent comme des serpents le long d'arbres plus grands et qui s'entortillent à leurs branches. Et, tout près, des arbres mourants étouffés par les surgeons ou par le nuage du lierre et d'autres plantes grimpantes qui montent vers le ciel pour les envelopper dans leur étreinte mortelle. Des mousses et des lichens qui emmaillotent de leurs linceuls de velours et de verre des colonnes de bois penchées et de grosses pierres affleurantes. D'autres filaments végétaux comme des lianes sèches qui descendent de l'enchevêtrement des branches les plus hautes des arbres. Ou bien qui montent d'en bas, qui peut le dire, parce qu'on ne comprend pas bien où est leur origine, si c'est le sol ou la cime des arbres, ou peut-être aucun des deux, parce qu'il n'y a pas que le haut et le bas. Peut-être qu'ils naissent au milieu, dans l'air, pour ensuite exploser comme de petites structures végétales qui demandent la vie et qui demandent la mort.

Et puis il y a tout ce sous-bois féroce et ces mille et mille formes végétales qui s'entrelacent et se combattent, déjà sous la ligne de la terre, dans les mille et mille radicelles et dans les mille autres formes pressées par leur turgescence chimique et encore sans forme, qui jaillissent de la terre comme des armées avec leurs corps nus encore dépourvus d'écorce, et qui s'inventent leurs premières machines à respirer et à échanger avec l'atmosphère et commencent à grimper en un furieux enchevêtrement muet de formes nées des graines portées par le vent ou par d'autres bombes qui pullulent dans le ventre pourri du monde, et qui entament leur lutte pour grimper vers le haut, vers la lumière.

« Pourquoi il y a tout ce sous-bois mauvais ?, je me demande. Qui essaie d'envelopper et d'effacer et d'étouffer les arbres plus grands. Pourquoi toute cette férocité misérable et désespérée qui défigure toute chose ? Pourquoi tout ce grouillement de corps qui tentent d'épuiser les autres corps en aspirant leur sève de leurs mille et mille racines déchaînées et de leurs petites ventouses forcenées pour détourner vers eux la puissance chimique, pour créer de nouveaux fronts végétaux capables de tout anéantir, de tout massacrer ? Où je peux bien aller pour ne plus voir ce carnage, cette irréparable et aveugle torsion qu'on a appelée vie ? »

4

Aujourd'hui j'ai fait une rencontre.

En tout début d'après-midi, après avoir mangé, j'ai pris mon bâton et je suis sorti. J'ai marché dans les ruelles et les petits escaliers et sous les petites voûtes nues de ce hameau désert. Il y a, çà et là, au bord de la chaussée, des pierres en saillie utilisées autrefois comme marches pour monter dans les petits potagers situés en haut, des planches passées à la chaux et à demi affaissées, des pots de fleurs abandonnés, envahis par l'implacable pariétaire ou d'autres fleurs et d'autres formes amenées par le vent. À un endroit, au-dessus d'une murette où il devait y avoir de la vigne, descendent toujours de grandes et indéfinissables feuilles dégénérées de légumes qui courent sur le sol et puis se répandent avec leurs crochets végétaux à la recherche de prises. Il y a une vieille baignoire en métal remplie de terre, tout près de là, qui avait dû autrefois servir de jardinière et qui à présent est pleine d'orties et d'un enchevêtrement de fleurs étouffées.

J'ai pris un sentier qui serpente le long de la gorge, raviné au milieu par de petits sillons qu'a creusé l'eau qui descend de la montagne. Sur les côtés il y a des haies mêlées de ronces où se posent des guêpes hargneuses et de petits papillons jaunes qui volent de guingois dans le ciel. On voit, çà et là, des barbelés enfoncés dans le sol, abattus par les sangliers dans leurs déplacements à travers les bois, posés qui sait depuis combien de temps, quand le hameau était encore habité. Mais il y a un endroit où l'espace s'élargit, une petite clairière surélevée aux bords du sentier, que l'on peut atteindre en passant par-dessus un tronçon de clôture de fil barbelé abattu. De là, on peut voir combien est immense cette étendue végétale de montagnes et de forêts, où il n'y a pas signe de vie humaine, à perte de vue. Il y a seulement, de l'autre côté, exactement de l'autre côté de cette gorge, l'endroit où, quand arrive l'obscurité, je vois s'allumer cette petite lumière.

Je l'ai regardé longuement. J'ai observé cette petite surface plus claire, peut-être l'angle d'une maison en pierre plongée de toutes parts dans la forêt.

« Savoir s'il y a quelqu'un ? », je me suis demandé à nouveau, me remettant à marcher sur le sentier.

Mais on ne voit pas trace de route pour y arriver. Et pourtant, qui sait s'il n'y a pas au moins un sentier qui court au milieu de l'épaisse forêt et qu'on ne peut voir d'ici. Ce n'est pas exclu. De ce côté-ci de la gorge on ne comprend pas bien, mais peut-être que quelqu'un habite là-bas, qui peut le dire... Un jour, par exemple, j'ai voulu atteindre un petit hameau à une vingtaine de kilomètres d'ici, où je n'étais jamais allé. Il n'y a qu'une personne qui y vit, un militaire en retraite, c'est du moins ce qu'on m'avait dit dans un village habité qui se trouve plus bas où parfois je descends pour acheter à manger, avec ma voiture que je gare dans une étable abandonnée, à l'entrée du hameau.

J'étais arrivé là-bas, sur une petite place devant une petite église en ruine, roulant doucement car ce qui restait du revêtement était défoncé et raviné par les pluies et la neige. Je m'étais arrêté, j'avais regardé autour de moi, moteur tournant. Au bout d'une seconde, une meute furieuse de chiens avait déboulé de quelque part dans le hameau, aboyant avec rage. Ils s'étaient jetés sur la voiture. Debout sur leurs pattes arrière, ils frappaient furieusement les portières. J'entendais le martèlement de leurs griffes sur la carrosserie et sur les vitres, je voyais tout autour leurs têtes déformées qui aboyaient à s'en étrangler, leurs dents et leurs langues couvertes de bave. Impossible d'ouvrir, avec cette meute de chiens qui assiégeaient la voiture, cette masse furibonde de muscles qui poussaient de tous côtés. Je n'ai même pas pu descendre. J'ai passé la première, et commencé à rouler lentement, me frayant un passage au milieu de toutes ces bêtes enragées qui continuaient à me sauter dessus, jusque sur le capot pour arriver avec leur museau sur le pare-brise, et même sur le toit, comme si quelqu'un quelque part les lançait sur moi d'en haut, au risque de les faire écraser par mes roues qui tournaient lentement au milieu de cet enchevêtrement de pattes et de babines retroussées, tandis que le seul habitant de ce hameau abandonné et en ruine restait sans doute quelque part invisible, sous un passage voûté ou derrière une fenêtre, à regarder ses bêtes féroces qui attaquaient et chassaient cet autre homme qui avait tenté de pénétrer sur son territoire.

Le sentier descendait un peu. J'avançais en faisant tournoyer de temps en temps mon bâton au-dessus de ma tête et de mes épaules, pour chasser insectes et taons qui venaient bourdonner autour de cette seule personne vivante qui marchait dans leur monde. C'est un bâton un peu tordu, de cerisier, je crois, que j'avais trouvé un jour appuyé contre un arbre. Quelqu'un avait dû le travailler, qui sait quand, l'écorçant entièrement avec un couteau, sauf un petit morceau en haut, à la poignée.

Tout à coup, après un tournant dans l'ombre, où il y avait quelques flaques pas encore complètement évaporées, j'ai brusquement trouvé devant moi un gros chien noir, assis au milieu du sentier, à l'arrêt, immobile, qui m'attendait.

Je me suis arrêté net.

Le chien me regardait fixement en silence, continuant à me barrer la route. Il devait avoir entendu de loin le bruit de mes pas et s'était mis comme ça pour m'attendre.

Je le regardais moi aussi en silence, sans faire un geste, sans broncher, d'autant que j'avais reconnu dans cette grosse bête une de ces races de chiens qu'on dresse pour le combat, un rottweiler.

Je ne pouvais pas aller plus loin, parce que le chien me barrait la route en continuant à me fixer du regard en silence. Je ne pouvais pas le chasser avec mon bâton, parce que je ne savais pas quelles réactions allait susciter mon geste violent.

Alors j'ai fait demi-tour et me suis remis à marcher en sens inverse sur le sentier. Sans trop accélérer le pas, pour ne pas donner l'impression que je prenais la fuite et déclencher ainsi son agressivité. Mais sans non plus aller trop lentement, parce que j'étais très loin de chez moi, seul, à la merci de ce chien.

J'ai fait les premiers pas sans me retourner. Je n'entendais aucun bruit derrière moi. Peut-être que le chien était resté là, à l'arrêt, immobile, assis au milieu du sentier qu'il m'avait interdit, et peut-être qu'il regardait mon dos s'éloigner, avec les taches noires de ses yeux au centre de sa grosse tête féroce.

Mais, au bout d'un moment, alors que je passais désormais le tournant et que je pensais l'avoir distancé, j'ai commencé à entendre un léger bruit cadencé derrière moi.

J'ai tourné légèrement la tête.

Le chien me suivait.

Il marchait lentement, dans un parfait silence. Je sentais sa lourde respiration dans mon dos.

J'ai continué à marcher, augmentant un peu mon allure mine de rien. Le chien était toujours derrière moi, je le sentais à sa respiration, je le voyais quand je tournais la tête. Il fallait au moins une demi-heure pour arriver chez moi, et je continuais à marcher avec ce gros chien de combat qui me suivait en silence, dans cette immense solitude végétale qui s'étendait à perte de vue.

« Qui sait ce qu'il faisait là, au milieu du sentier, à m'attendre ? je me demandais. Qui sait pourquoi il me suit maintenant? Qui sait pourquoi il n'émet pas le moindre son, il n'aboie pas, pourquoi il se contente de me suivre dans un parfait silence de son pas lourd et obstiné? Qu'est-ce qu'il peut bien penser dans sa grosse tête énigmatique et féroce? »

D'autant plus que je savais comment ces chiens se comportent. Je l'avais lu par le passé, dans les journaux, à l'occasion d'attaques sur des hommes, des femmes, des enfants, agressés et tués ou bien défigurés par les morsures. Ils n'aboient pas, ils ne donnent aucun signe d'agitation, on ne comprend pas ce qui leur passe par la tête. Et puis, d'un coup, ils vous sautent dessus et vous mordent les mains, les bras, la gorge, le visage, ils vous broient la chair et les os avec leurs dents. Ils ne s'arrêtent pas tant qu'ils ne vous ont pas massacré, ou que quelqu'un d'autre ne les arrête à coups de bâton, assénés sur la tête.

Mais là il n'y avait personne.

Alors je continuais à marcher en silence, avec ce gros chien féroce derrière moi. Je me tournais à peine de côté, de temps à autre. Le chien était toujours là, à la même distance. Il continuait à me suivre de son pas obstiné et régulier.

Tout à coup, dans un lacet étroit, en me retournant un peu plus longuement, j'ai pu le voir mieux. Pas seulement son énorme tête muette mais également son corps massif et musclé, en entier, de profil.

Ses pattes étaient tordues, très tordues. Quelque chose de plus que tordues, j'avais l'impression…

J'ai eu le souffle coupé.

« Il a les quatre pattes cassées !, j'ai compris subitement. Ça doit être un chien qui vient d'un des villages habités qu'il y a en bas, un de ces chiens furieux qu'ils ont pour monter la garde, pour que personne ne se hasarde à s'approcher de leur maison. Quelqu'un a dû lui casser les pattes avec une pelle, peut-être après qu'il a agressé un homme, une femme, un enfant. Il a dû se traîner jusqu'ici où il n'y a personne, sur ses pattes cassées, pour faire perdre sa trace. »

À présent que je tournais plus longuement la tête, j'avais même en effet l'impression d'apercevoir, sur une de ses pattes arrière, une pointe d'os qui sortait un peu de la peau quand sa patte pivotait pour avancer. Tandis que des trois autres rien ne sortait, comme si les os s'étaient désormais tellement soudés qu'ils pouvaient le soutenir tant bien que mal.

Je ne savais pas quoi faire. Je ne savais pas si je devais continuer à marcher ou bien m'arrêter pour caresser sa grosse tête d'animal blessé. Mais son silence absolu me terrifiait. Pas une plainte, pas un jappement, pas le moindre son ne sortait du corps de cet animal massacré. Seulement cette respiration rauque, profonde, tandis qu'il continuait à me suivre sur ses os brisés. Je ne savais pas ce qui pouvait se passer si j'approchais ma main de sa tête, de sa bouche pleine de bave et de dents. Ni ce qui lui passait par la tête. Peut-être que, dans sa fureur muette, dans sa haine, il penserait que je voulais m'approcher pour lui faire du mal moi aussi et qu'il me mordrait de désespoir, de douleur.

Alors j'ai continué à marcher pendant plus d'une demi-heure avec ce gros chien blessé derrière moi, dans cette immense solitude végétale. Quand je rencontrais des raidillons ou bien, tout de suite après, des descentes raides, je pensais que le chien n'arriverait pas à me suivre, que son corps était trop lourd pour continuer à s'appuyer, dans ces dénivelés, sur ses pattes cassées. Mais il ne se laissait pas distancer, il était toujours là, sans une plainte, sans un son, toujours à la même distance, aussi obstiné qu'une machine.

« Mais comment il peut marcher pendant aussi longtemps sur ces os cassés ? je me demandais. Comment c'est possible qu'aucun son ne sorte de son corps soumis à une douleur aussi terrible ? »

Parfois je n'entendais plus le bruit de ses pas derrière moi. « Il n'y arrive plus ! je me disais. Il a dû s'arrêter ! » Mais au bout de quelques secondes, après avoir passé un tournant, voilà que son corps chancelant était toujours là, derrière moi, et que ses yeux continuaient à me regarder fixement, muets, dans sa grosse tête baveuse.

À un certain moment, tout à coup, j'ai senti quelque chose qui poussait contre mes jambes, par-derrière. C'était la tête du chien, qui avait augmenté son allure à cause de la pente d'une descente et qui avait fini par me toucher de sa truffe humide.

J'ai accéléré encore, mine de rien, pour ne pas déclencher sa fureur contenue, avec une progression de la musculature de tout mon corps et pas seulement des jambes, tout près des faisceaux musculaires puissants de cet autre corps, de sa croupe, de son cou, de ses grosses pattes qui enveloppaient et maintenaient les os cassés, les empêchant de sortir à l'extérieur.

Je suis enfin arrivé dans le hameau. J'ai marché encore pendant un moment dans la ruelle déserte, et j'entendais derrière moi le bruit obstiné de ses pas et de ses grosses griffes qui raclaient les pierres. Quand je me suis arrêté devant ma petite maison, alors que j'ouvrais le portillon, j'ai entendu que le chien aussi s'était arrêté. Il s'était assis par terre derrière moi, attendant d'entrer.

Alors j'ai avancé encore de quelques pas. Le chien s'est remis à marcher muet, derrière moi. Ensuite je suis revenu en arrière d'un coup. Nos yeux se sont croisés pendant que j'allais jusqu'au portillon déjà ouvert et que j'entrais en le refermant derrière moi.

Le chien aussi est revenu en arrière. Il s'est assis à nouveau par terre, de l'autre côté du portillon. Il me regardait en silence, sans un gémissement, muet, avec les taches noires de ses yeux dans sa grosse tête musclée pleine de dents et d'os.

« Et maintenant il va rester là-devant, et m'assiéger ! j'ai pensé. Il ne bougera pas de là tant que je ne rouvrirai pas le portillon, pour entrer chez moi. »

Mais, la nuit, quand je suis sorti à nouveau pour marcher dans le noir, le chien n'était plus là.

5

Parfois je m'arrête pour parler avec les animaux, les insectes, les plantes, toutes ces puissances végétales qui grouillent partout sur la ligne d'horizon.

Avec les guêpes hargneuses qui se jettent dans les plaies des figues pourrissant sur les arbres, plongeant leurs têtes rostrées dans les déchirures pleines de pépins en putréfaction et de sucs. M'approchant de très près, peut-être trop, si bien qu'un jour une guêpe m'a piqué une main. J'ai senti son dard pénétrer douloureusement dans la chair tendre qui se trouve entre deux doigts.

— Mais pourquoi vous êtes toujours aussi hargneuses ? je demande. Pourquoi vous vous jetez comme ça tête baissée dans la pulpe des fruits délaissés qui pourrissent sur les arbres de cet endroit inhabité et hors du monde ? Si bien que parfois, quand j'en cueille un pour le manger, je trouve dedans l'une d'entre vous qui sort, furieuse, toute souillée des liquides morts et des sucs dans lesquels elle barbotait.

Vous vivez où, vous dormez où ? Qu'est-ce qui se passe, de jour comme de nuit, dans vos nids féroces ?

Mais elles ne me répondent pas.

Avec les crapauds répugnants, quand j'en aperçois un, immobile, à moitié enseveli sous un voile de terre, son gros corps entièrement recouvert de larves, dans un endroit qui autrefois devait avoir été un potager, car courent toujours, çà et là, des enchevêtrements végétaux, des entrelacs, qui donnent vie à des légumes méconnaissables.

— Mais c'est quoi cette vie ? je leur demande. Enfoncés dans la terre avec vos réserves de grosses larves dont vous vous goinfrez là-dessous, dans le noir. Le corps comme une outre molle qui grossit, enserrée de tous côtés par la terre et l'obscurité.

Mais ils ne me répondent pas.

Avec les racines aériennes, qui s'allongent, çà et là, et interceptent tout ce qui passe à portée, là en haut, des feuilles pourries, des pollens et des spores qui volent aveuglément dans l'air, sans doute aussi de minuscules petits corps d'insectes ailés pleins de petites pattes et d'antennes. Elles les transforment en nourriture pour une plante qui parfois n'est pas encore là, n'existe pas, qu'elles n'ont pas encore inventée.

— Pourquoi vous êtes nées là-haut et pas sur la terre? je demande, je crie, pour me faire entendre tout là-haut, dans cette vastitude végétale silencieuse qui renvoie l'écho de ma voix. Vous êtes vraiment nées là, depuis le début, ou vous étiez vous aussi dans la terre comme toutes les autres racines et puis, qui sait pour quelle raison, vous avez commencé à vous déplacer de plus en plus vers le haut, jusqu'à vous installer directement dans l'espace? Ou alors vous êtes descendues de là-haut, de l'espace, où il y a peut-être de minuscules racines qui descendent du ciel comme une pluie invisible, jusqu'à ce que l'une d'elles intercepte une cime végétale et s'y accroche, se met à aspirer de là-haut tout ce qui passe à sa portée, avant de rependre sa descente vers la terre, et de pénétrer dans le sol, sous la ligne d'horizon, dans cette masse poisseuse de mille autres racines féroces et de minuscules animaux sans yeux qui dévorent tout, et puis de remonter très lentement vers le haut, le long des troncs tourmentés des arbres, sur leur écorce blessée, de plus en plus haut, jusque face au ciel?

Mais elles ne me répondent pas.

Les hirondelles, elles, en revanche, me répondent!

Parfois, quand je les vois passer comme des flèches au-dessus de l'étranglement de la ruelle où il y a les deux abreuvoirs en pierre pleins d'eau, arrivant d'en haut, en piqué, déchaînées, effleurant en rase-mottes le sol, à une vitesse inconcevable, et puis raser les abreuvoirs pour en prélever, dans ce court instant, un peu d'eau avec leur bec, parce qu'elles ne peuvent pas interrompre leur vol et se poser à terre, alors, tout seul dans cet endroit hors du monde, je fais de grands gestes vers elles, en hurlant :

— Mais vous êtes folles !

— Oui, oui, on est folles ! elles me répondent, ces bestioles survoltées, sans arrêter de frôler le sol de la ruelle et le fil de l'eau, comme des flèches, en trissant.

D'émotion, j'en ris tout seul.

— Il n'y a pas un psychiatre pour les hirondelles ?

— Si, mais il est fou lui aussi !

— Mais alors comment il fait pour vous soigner ?

— Comme ça ! elles me répondent en se jetant à corps perdu sur l'eau, et puis plus haut, dans le ciel, me frôlant les tempes et les yeux de leurs ailes, de leur bec.

Et puis, quand le soleil disparaît derrière la ligne de crête et qu'il commence à faire nuit, et que tout ce monde végétal devient invisible et noir comme une grande éponge nocturne, de l'autre côté, là-bas, au loin, chaque nuit, chaque nuit, toujours à la même heure, s'allume soudain cette petite lumière.

6

Tout à l'heure, alors que j'étais au lit et que je dormais profondément, dans mon premier sommeil, j'ai été réveillé par un tremblement de terre.

Ce n'est pas rare ici, parce que c'est une zone sismique. Parfois il m'arrive de ne pas me réveiller complètement, mais même dans mon sommeil, ou dans mon demi-sommeil, je continue à sentir, arrivant jusqu'à la surface, les vibrations des glissements souterrains de failles, qui font trembler le lit où je suis allongé, les murs de la maison, de la chambre, les rares meubles qu'il y a dedans, tout le petit hameau inhabité où je vis, mais également la surface de la terre, les arbres, les animaux dans leurs trous creusés en profondeur, les nocturnes qui se déplacent en silence à la recherche de proies, et peut-être aussi ceux qui volent dans le ciel en scrutant de leurs yeux ronds la terre noire à la recherche de quelque chose qui vit, et sans doute que de là-haut aussi, ils entendent le ciel trembler.

Quelquefois, quand les secousses sont plus fortes, je me lève du lit, je sors pieds nus et je marche dans le petit hameau qui tremble, jusqu'à une petite place tout près de ma maison. Je regarde autour de moi pour voir si les maisons délabrées sont encore debout ou si elles se sont écroulées. Le matin, quand il fait à nouveau jour, je vois, çà et là, des tuiles cassées au milieu des ruelles empierrées, tombées des toits éventrés de quelque ruine. Je fais le tour de ma petite maison en observant les murs, pour voir s'il y a des fissures, parce que ça me paraît impossible qu'il ne soit rien arrivé à sa structure soumise à une aussi longue série de secousses. Je monte sur le toit avec l'échelle, je remets en place les tuiles qui ont bougé, à cause du tremblement de terre ou du grattement de tous ces oiseaux et de tous ces animaux à quatre pattes qui entrent la nuit dans l'espace entre le plafond de ma chambre et le toit, et que j'entends marcher au-dessus de ma tête quand je suis dans un demi-sommeil ou que j'ai les yeux grands ouverts dans le noir.

D'autres fois je ne me lève même pas, quand je suis dans mon premier sommeil et que je n'arrive pas à me réveiller complètement. Je perçois à peine les secousses du tremblement de terre qui succèdent les unes aux autres, le vertige, le sentiment de nausée et la légère perte de connaissance qu'elles provoquent dans mon corps qui s'obstine à rester couché comme ça, entre veille et sommeil, tandis que tout vibre autour de moi, et que, dans les zones profondes, de grandes masses sombres et des parois de terre et de marbre s'écroulent les unes sur les autres.

Cette nuit je me suis levé. J'ai vérifié que dans les murs et près des portes aucune fissure ne s'était ouverte. Je suis également descendu voir dans la petite cave qui se trouve sous un grand passage voûté, là où je mets le bois. Et puis je suis venu ici, une couverture sur les épaules parce qu'il fait froid la nuit même si l'on est en été, je me suis assis sur cette petite chaise en fer dont les pieds fins s'enfoncent de plus en plus dans le sol, devant la balustrade basse en pierre qui domine l'à-pic. Avant de sortir de chez moi, j'ai pris de vieilles jumelles que j'ai apportées jusqu'ici mais dont je ne me sers jamais, parce qu'il n'y a rien à voir, sauf cette étendue impénétrable d'écume végétale qui recouvre le monde à perte de vue.

Je les pointe sur cette petite lumière. Je manœuvre la molette un peu faussée, pour faire le point, parce que la petite lumière semble s'élargir et se rétrécir, comme si je la voyais de l'autre côté d'une surface d'eau. Mais je n'arrive pas bien à voir, peut-être à cause du passage de mes cils sur la lentille, ou peut-être parce que sur mes yeux encore pleins de sommeil il y a ce voile liquide qui déforme les contours et fait déflagrer les lumières. On ne comprend pas ce que c'est, cette petite lumière, encore moins qu'en la regardant à l'œil nu. On ne comprend pas si c'est une lumière qui filtre d'une fenêtre ou bien un réverbère peu élevé, suspendu à un câble. Et pourtant on dirait qu'elle grandit de plus en plus en intensité, on dirait qu'elle palpite.

« Qu'est-ce que ça peut bien être, cette petite lumière ? je me demande encore. Pourquoi parfois elle apparaît plus grande, plus intense, et tout de suite après on dirait qu'elle rapetisse jusqu'à disparaître ? Est-ce que ce serait autre chose ? Est-ce que ce serait un genre de manifestation lumineuse causée par une activité magnétique d'origine tellurique ? »

On n'entend aucun bruit, pas un seul cri d'animal nocturne, de terre, d'air. Ils doivent tous être immobiles qui sait où, pétrifiés, après que le tremblement de terre a fait vibrer la terre et le ciel sous leurs pattes et sous leurs ailes.

« Il faut que j'aille là-bas…, je me dis encore, en continuant à regarder cette petite lumière, la couverture sur les épaules. Il doit bien y avoir une route, un chemin pour arriver là-haut ! »

7

Ce matin, j'ai sorti la voiture de l'étable. Je suis descendu, virage après virage, jusqu'au village habité le plus proche, là où je me rends une fois par semaine pour m'acheter quelque chose à manger. Le long de cette petite route en lacets, déserte, d'où jaillissent, çà et là, les angles de maisons inhabitées, aux volets de bois fermés et déglingués, qui restreignent soudainement la chaussée. Et puis, un peu plus loin, les premiers signes de vie, un chien lové devant une porte, qui regarde passer la voiture avec un œil fermé et l'autre ouvert, des vieillards qui travaillent dans un potager, de petits troupeaux de brebis ou de chèvres toutes noires qui paissent dans un pré en forte pente, une jument avec son poulain, qui cessent de brouter en entendant le bruit de la voiture, soulevant la tête et remuant la queue.

Je suis arrivé jusqu'au village. J'ai garé la voiture. J'ai gagné le petit magasin qui vend à manger et à boire, des outils agricoles, de la quincaillerie, des semences, des journaux… Il y a une odeur suffocante de chat, à l'intérieur, parce que la vieille femme qui tient le magasin recueille les chats errants. Ils dorment, çà et là, juchés sur des sacs de semences et sur les autres marchandises ou bien ils déambulent en se frottant aux jambes des rares clients.

Il y avait deux hommes à l'intérieur qui évaluaient une bêche avant de l'acheter. Un autre homme, plus jeune, obèse, avec une barbe et des cheveux blonds, longs et bouclés, et dans une espèce d'uniforme aux couleurs réfléchissantes, se trouvait dans un coin et souriait sans rien faire, sans rien acheter. C'était peut-être le fils idiot ou le neveu de la vieille qui restait là à tuer le temps.

Alors que j'étais près de la table et que je mettais mes achats dans deux sacs en plastique, j'ai voulu demander à voix haute, pour me faire entendre également des autres clients, si par hasard quelqu'un habitait sur la crête là où la nuit je voyais cette petite lumière.

Ils se sont aussitôt intéressés à la chose. Ils se sont fait bien expliquer où était l'endroit. J'ai essayé de le faire du mieux que je pouvais, parce que de ce village où je me trouvais on ne le voyait pas, inutile donc de sortir par la porte du magasin pour l'indiquer. J'essayais de faire comprendre quelle était la gorge en question et l'endroit de la crête dont je parlais.

— Y'a quelqu'un qui y habite, dans ce coin-là ? a demandé l'un des deux clients, en secouant la tête.

— Pas que je sache ! Là-haut, y'a que de la forêt ! a répondu l'autre en se remettant à observer la bêche, qu'il brandissait comme une lance.

— Mais c'est quoi comme lumière ? Comment elle est faite ? a demandé à nouveau le premier.

— Eh bien… je ne comprends pas si elle vient de la fenêtre d'une maison ou bien d'un réverbère…

— Un réverbère ? Y'a pas de réverbère, là-haut. Y'a personne.

— Alors ça doit être autre chose, j'ai lancé pour clore la conversation et sortir enfin de cet endroit infesté de puanteur de chat.

J'ai fini de payer, je me suis dirigé vers la porte.

— Alors ça doit être un OVNI ! j'ai entendu que quelqu'un disait, derrière moi.

Je me suis retourné.

C'était le garçon obèse en uniforme réfléchissant.

Je l'ai regardé. Il était toujours immobile dans son coin, sans rien faire, il continuait à sourire ou à rire, lèvres fermées. On voyait à peine sa grande bouche sous les boucles de sa moustache et de sa barbe.

— Qu'est-ce que vous avez dit ? Vous plaisantez ? je lui ai demandé.

Mais il restait comme ça, la bouche étirée par son sourire d'ahuri.

— Non. Pourquoi ? il a fini par dire, sans arrêter de sourire.

Je me suis tourné une nouvelle fois vers les autres clients.

— Y'en a qui disent que des OVNIS ont été vus dans le coin, a expliqué l'un d'eux. Y'a même un expert de ce genre de trucs, dans un village tout près. Vous pouvez toujours aller le voir. Ça coûte rien de demander...

Il m'a dit le nom du village. Il m'a indiqué comment faire pour y aller.

Je suis sorti de ce trou, avant de vomir à cause de l'incroyable puanteur. J'ai chargé les sacs dans la voiture. Je suis reparti. Le long de la route, je regardais les contours végétaux des montagnes en surplomb, presque sans les voir tant ils étaient écrasés par la lumière du jour.

« Demain, j'y vais ! », je me suis dit tout à coup.

8

J'y suis allé. Ce matin, j'ai pris à nouveau la voiture et je suis arrivé au village que l'homme à la bêche m'avait indiqué.

Ce n'est pas très loin d'ici, une vingtaine de minutes sur des routes étroites, en lacets, goudronnées, çà et là, et complètement ravinées par l'érosion. À certains endroits les branches des arbres et les longs bras pleins d'épines des ronces tapent contre les vitres et le pare-brise. Mais ensuite la petite route s'élargit, elle arrive jusqu'à un hameau où il y a encore quelques habitants. Avant d'entrer sur une minuscule place, où étaient garées deux ou trois voitures et une camionnette avec à l'intérieur des sacs de ciment, une bétonnière et d'autres outils, devant une petite maison sur un coteau, dans une zone fraîchement fauchée, j'ai vu une femme arabe, la tête et le visage voilés, qui entassait du foin avec une fourche.

Il m'est arrivé d'en voir d'autres, dans les villages encore habités qui se trouvent plus bas. Des femmes et des enfants venus de lointains endroits du monde dans ces villages et dans ces hameaux désormais dépeuplés où maisons et ruines coûtent peu.

Je suis descendu de la voiture, j'ai regardé autour de moi. Il y avait deux vieilles femmes assises sur un banc de bois, le visage recuit par le soleil et plein de rides, la tête rasée, qui me fixaient du regard, immobiles.

Je me suis approché, j'ai dit que je cherchais un homme qui s'occupait de présences extraterrestres.

Au début elles n'ont pas compris. J'ai dû répéter deux ou trois fois, m'aidant des mains et des bras.

L'une d'elles hochait constamment la tête, comme atteinte de Parkinson.

— Mais si… les extraterrestres, ceux qui viennent d'autres mondes, les lumières dans le ciel…, j'insistais.

Elles ont fini par comprendre. Elles m'ont indiqué où je pouvais le trouver, parlant avec excitation et s'interrompant l'une l'autre dans leur dialecte âpre, vociféré.

Je suis parti à la recherche de cet endroit. Il fallait sortir du hameau et prendre un tournant en montée. On voyait, de temps en temps, imprimées sur l'asphalte, les silhouettes de quelque grenouille ou de quelque couleuvre écrasées, car les voitures pouvaient encore passer sur cette route, et il y avait un autre petit hameau au bout, plus haut. Dans les langues de terre comprises entre les courbes étroites des lacets, on commençait à voir quelques vaches isolées qui broutaient, quelques chèvres.

Je suis arrivé jusqu'à une esplanade, creusée plusieurs mètres sous le niveau de la route, où un homme en bottes de caoutchouc attaquait une montagne de fumier.

« Non, ça peut pas être ce type-là ! », je me suis dit.

L'homme a levé la tête, quand il m'a vu. Il est resté la fourche en l'air, encore pleine du fumier qu'il chargeait dans une brouette tout à côté, après l'avoir arraché à la montagne.

J'ai essayé de lui faire comprendre qui je cherchais. Mais il n'entendait pas. Je le lui ai crié plus fort, parce qu'on était à une certaine distance.

L'homme a jeté sa fourchée dans la brouette. Il a planté sa fourche dans la partie à nu du fumier entamé, le reste de la montagne demeurant couvert d'herbes et même d'une végétation plus haute.

Il m'a fait un geste brusque de la main, pour me dire d'approcher.

J'ai commencé à descendre vers l'esplanade. Un chien est sorti soudainement de quelque part, a couru vers moi en se lançant dans mes jambes, comme pour m'empêcher d'avancer davantage. Tandis que l'homme, encore immobile près du tas de fumier, me répétait son geste brusque.

Je continuais à descendre, le chien cramponné à une jambe. Quand je suis arrivé en bas, l'homme a pris une petite branche par terre, il a fouetté deux ou trois fois le chien qui s'est écarté aussitôt.

Ça puait fort le fumier et la pisse, avec une nuée de mouches et de taons qu'il fallait sans cesse chasser des deux mains.

J'ai regardé l'homme. Il était devant moi et ne bougeait pas. Lui aussi me regardait. Son pantalon était raide de fumier et son t-shirt sale déchiré sur la poitrine. Il était plus jeune que ce qu'il m'avait semblé de loin, complètement chauve mais avec une couronne blondasse de cheveux tombant jusqu'aux épaules, les oreilles en feuilles de chou, le menton pointu, la bouche en estafilade, dont les coins remontaient vers le haut.

J'ai essayé de dire encore quelque chose : pourquoi je me trouvais là, si c'était lui la personne qui s'occupait des présences extraterrestres. J'ai fait également allusion à la petite lumière.

L'homme continuait de me regarder et ne répondait pas, il ne semblait d'ailleurs pas capable de répondre. Il émettait seulement, de temps en temps, des bruits rauques, ou bien brusquement aigus, qui ne paraissaient pas humains, tandis que le chien continuait à me fixer à distance, tournant son regard vers moi d'abord, puis vers son maître.

« Mais qu'est-ce que je fais ici ? je me disais dans ma tête à ce moment-là. Ce type ne sait même pas parler ! »

Tout à coup, l'homme m'a fait signe de le suivre, il s'est dirigé vers l'ouverture d'une bâtisse en pierre et en bois qui devait être une étable.

Je le suivais, marchant sur le sol recouvert de fumier détrempé, continuant à écraser les mouches et les taons de la main, et pendant ce temps je voyais devant moi son dos maigre et ses jambes qui dansaient dans un pantalon large attaché à la ceinture par une corde et rigide comme une armure, sa nuque chauve d'où tombaient ses longs cheveux gras et raides.

On est entrés dans l'étable. Trois ou quatre vaches ont tourné en même temps leurs grosses têtes vers nous, pour nous regarder. Elles nous ont observés pendant un moment avant de se retourner et de se remettre à ruminer.

L'homme s'est arrêté devant une table grossière encombrée de cordes effilochées et de seaux. Il a soulevé une épaisse couverture déchirée et sale qui recouvrait quelque chose. Une seconde après, à mon grand étonnement, j'ai vu devant moi l'écran d'un ordinateur. De ces écrans plasma, ultraplats.

L'homme a cherché le clavier, perdu sous l'enchevêtrement de cordes. Il s'est assis sur un petit tabouret pour la traite, à un seul pied. Il a allumé l'ordinateur.

Je le regardais en retenant mon souffle, debout derrière lui, derrière l'œuf de sa jeune tête chauve qui oscillait un peu parce que ses mains souillées de fumier avaient déjà commencé à taper sur le clavier.

— Où vous avez dit que vous la voyez, cette petite lumière ? il m'a demandé soudainement, sans se retourner, sans cesser de taper.

J'étais abasourdi, parce que, encore une seconde avant, cet homme s'était exprimé uniquement par des sons inarticulés, il semblait incapable de parler, et voilà que maintenant, face à son ordinateur, il s'exprimait avec aisance, avec seulement un étrange accent qui ne paraissait pas être du coin, comme s'il venait d'Albanie, des Balkans.

« Il y en a..., je pensais confusément, qui arrivent ici même des pays slaves, de Roumanie, d'Ukraine, ou bien de Macédoine, du Monténégro, d'Albanie, dans ces zones dépeuplées où ils sont bergers ou s'occupent des étables. Parfois ils brûlent les forêts pour agrandir leurs pâturages, et alors on les chasse à coups de bâton et ils déménagent avec leurs troupeaux dans une zone voisine… »

L'homme s'était tourné vers moi. Il avait ouvert une page-écran pleine de petits points lumineux qui scintillaient sur l'écran noir. Il me les montrait de la main pour que je les regarde.

— C'est la carte de toutes les apparitions dans cette zone, il m'a dit dans une langue soudainement fluide, avec son accent étranger. Je la tiens à jour. J'ai numérisé tout le territoire. Ici, il y a des apparitions constantes, des présences extraterrestres…

— Euh… je ne sais pas…, j'ai tenté de dire. Ce n'est pas dit qu'il s'agisse de ça… J'ai seulement parlé d'une petite lumière qui s'allume dans un endroit où il ne devrait y avoir personne…

L'homme me regardait, la tête tournée, toujours assis sur son tabouret, de ses yeux clairs, presque blancs, et en même temps les coins de sa bouche remontaient toujours, comme en un sourire figé, imprimé.

— Comment elle est cette lumière ? il m'a demandé.

— C'est difficile à dire… C'est pas vraiment une lumière, c'est une petite lumière… Mais parfois on dirait qu'elle brille avec plus d'intensité dans la nuit, elle s'agrandit un peu, se dilate. Mais peut-être que ce n'est qu'un effet d'optique, quelque chose qui se produit uniquement sur la rétine, quand on la fixe longtemps dans le noir profond qu'il y a la nuit…

Il m'a montré du doigt la carte de la zone avec les petits points lumineux des apparitions, il m'a demandé de lui indiquer l'endroit exact où je voyais cette petite lumière.

J'ai peiné un peu pour le trouver. Mais, en m'aidant des noms de certaines montagnes et des villages, et en suivant les lignes pointillées de certaines crêtes plus hautes, qui surplombaient la petite gorge, j'y suis arrivé.

Il s'est remis à parler tout en continuant à taper sur son clavier et en faisant bouger rapidement la souris sur la table grossière couverte de tout un bric-à-brac, pour intégrer dans son réseau le nouveau point lumineux, à l'endroit exact que je lui avais indiqué.

— Voilà, c'est là ! il a conclu avec une espèce de soupir de joie, posant son doigt sale sur cette zone noire de l'écran où à présent il y avait ce point de lumière.

Il s'est tourné vers moi, m'a regardé avec émotion.

— Il n'y avait jamais eu de contact là ! il m'a dit. C'est la première fois que ça arrive !

— Je sais pas s'il s'agit de ça…, j'ai voulu lui dire une nouvelle fois.

Mais il ne m'écoutait pas, il continuait à suivre son idée.

— Tous les autres points lumineux sont des apparitions, même répétées, des contacts. Ici, c'est un secteur très visité par les extraterrestres. Il n'y a pas de bases militaires, de transmetteurs. Ils descendent ici parce que c'est des zones inhabitées, ils peuvent y être tranquilles, on ne les traque pas avec des magnétomètres, appareils photos, radars, gravimètres, lasers, micros, paraboles, analyseurs de spectre… Quand il y a une nouvelle apparition, on vient tout de suite me voir. Des paysans, des chasseurs, des bergers, des hommes qui fendaient du bois devant chez eux, la nuit, des vieilles femmes qui vivent seules et qui passent leur temps debout derrière les balustrades de leurs balcons ou de leurs fenêtres, même quand la nuit tombe, et qui contrôlent tout, qui voient tout. Ce sont mes sentinelles réparties sur le territoire. Et moi aussi ici, qui sors la nuit pour rassembler les bêtes et les ramener à l'étable…

Il s'est interrompu, parce que la vache la plus proche a donné deux coups de queue sur l'écran de l'ordinateur en voulant chasser les taons. L'homme lui a frappé la queue d'une main pour l'éloigner, pour qu'elle n'abîme pas l'écran.

— Venez avec moi ! il m'a dit soudain.

Il s'est levé de son tabouret. Il a recouvert l'écran avec la vieille couverture. Il est sorti de l'étable. Il s'est mis deux doigts dans la bouche et a sifflé. Le chien est arrivé en courant, langue pendante. Il sautait sur ses pattes arrière, il décollait du sol, aboyait.

— Venez ! Venez ! continuait à me dire l'homme, le jeune homme, difficile de lui donner un âge précis.

Il a grimpé une côte. Ses pieds dansaient dans ses grosses bottes de caoutchouc.

Je me suis mis à le suivre, tandis que le chien courait loin devant, il avait déjà rejoint un troupeau de chèvres qui pâturaient tout près de là.

L'homme continuait à parler, ou mieux à crier, parce que dans son excitation, il poussait à nouveau ces sons incompréhensibles, qui n'avaient rien d'humain.

On est arrivés au milieu du troupeau. Le chien s'est mis à courir autour, aboyant fort et se lançant sur quelques-unes des chèvres en les mordant aux pattes, pour les regrouper. On entendait les bruits des grosses sonnailles qui tintaient à toute volée, tandis que le troupeau allait de droite et de gauche afin d'échapper à la frénésie joyeuse du chien.

Il y avait aussi, à l'écart, un bouc, aux longues

cornes recourbées, qui broutait les petites feuilles basses d'un arbre, debout sur ses pattes arrière.

L'homme s'est arrêté.

— Elles aussi ont tout vu ! il m'a dit tout à coup, dans un langage à nouveau compréhensible, humain.

— Qu'est-ce qu'elles ont vu ? je lui ai demandé.

— Eux.

— Eux qui ?

— Les extraterrestres ! Les aliènes !

Je l'ai regardé. Lui aussi me regardait, de ses yeux gris clair, presque blancs, sa bouche aux coins toujours relevés.

— Moi aussi je les ai vus ! il m'a dit encore.

Je le regardais sans parler, au milieu de l'aboiement du chien et du bruit de sonnailles, tandis que le bouc continuait à brouter ses petites feuilles, les pattes de devant appuyées au tronc de l'arbre.

— Elles aussi…, il m'a dit une nouvelle fois en me montrant le troupeau, et sous le coup de l'émotion il paraissait incapable de parler.

— Elles quoi ? je lui ai demandé encore, parce que je ne comprenais pas ce qu'il essayait de me dire.

Il a dégluti deux ou trois fois. Il s'est lancé.

— Une nuit…, il s'est remis à dire d'une voix soudainement fluide, alors que je descendais par un chemin avec les chèvres, pour les ramener à l'étable, j'ai vu monter d'une vallée une lumière comme je n'en avais jamais vu. « C'est quoi cette lumière ? », je me suis demandé, parce qu'ici on est dans une zone de failles et il peut se produire des phénomènes de géoluminescence provoqués par une énergie émise à la surface de la terre. Les chèvres, attirées par cette lumière, se sont mises à courir dans le noir. Quand j'ai pu moi aussi me pencher au bord du ravin, j'ai vu en dessous de moi un globe aveuglant de lumière. J'ai fermé les yeux, parce que j'avais peur de devenir aveugle. Il était énorme. Il était suspendu juste au-dessus du sol comme un immense œuf de lumière sans coquille. Je me suis couvert les yeux avec la main, mais j'y voyais quand même. J'avais l'impression que cette lumière aveuglante se rallumait sans arrêt même si elle était déjà allumée, comme si dans toute cette lumière quelque chose s'ouvrait, d'où provenait une autre lumière. Les chèvres couraient de plus en plus vite sur la pente abrupte, vers cette porte de lumière qui s'était ouverte dans la lumière. Elles y sont entrées en courant, les unes après les autres. Le chien, qui les suivait, est entré lui aussi, et le bouc également. On n'entendait plus le bruit des sonnailles. Je me suis mis à courir à mon tour derrière mon troupeau, pour essayer de le récupérer. Mais quand je suis arrivé plus près, la porte de lumière s'est fermée brusquement. L'œuf s'est élevé en l'air, avec toute cette lumière qu'on ne pouvait pas regarder. Et puis il a disparu, mais pas lentement, d'un coup, comme avalé par quelque chose qu'on ne voyait pas, qui était là mais qu'on ne voyait pas.

— Qu'est-ce qui a bien pu se passer ? Où il a bien pu aller ? j'ai voulu dire, car l'homme avait cessé de parler, et il me regardait en attendant que je dise quelque chose moi aussi.

— Euh… qui peut le savoir… un déplacement dans l'hyperespace, une fenêtre, télétransportation…

Je le regardais, les yeux écarquillés, je regardais cet homme jeune et chauve qui parlait avec un fort accent étranger, qui le moment d'avant émettait des sons inarticulés et une seconde après, quand il parlait de présences extraterrestres, s'exprimait à nouveau de façon fluide, comme si c'était une personne totalement différente de celle de la seconde d'avant.

— Qu'est-ce que je vais faire, maintenant ? je me disais désespéré en retournant à l'étable, il s'est remis à dire. Sans mon troupeau, sans mon bouc, sans mon chien… La nuit d'après j'y suis retourné… L'œuf de lumière n'y était plus, mais mon troupeau et mon chien, eux, y étaient et m'attendaient. Le chien a aboyé de joie quand il m'a vu arriver. Les chèvres couraient vers moi avec leurs sonnailles qui tintaient à toute volée. On le sait, c'est des bêtes stupides, les chèvres. En admettant qu'elles soient stupides et que ce soient des bêtes...

Et en même temps, de la main, il me montrait son troupeau qui continuait à courir en zigzaguant, çà et là, sous les attaques du chien, qui voulait montrer sa valeur à son maître, et peut-être à moi aussi, tandis que le bouc, indifférent, un peu à l'écart, broutait encore en se soulevant de plus en plus sur ses pattes arrière et en allongeant son corps et son cou pour atteindre des feuilles plus hautes.

— Qu'est-ce qui a bien pu se passer ? Pourquoi ils me les ont rendues ? se demandait l'homme. Où est-ce qu'ils ont bien pu les emmener ? Et est-ce que c'est encore les mêmes chèvres qu'avant ?

On s'est regardés sans parler. Le bouc a cessé d'un coup de brouter, il s'est remis sur ses quatre pattes et s'est lancé sur le chemin, avec des bonds incroyablement hauts, légers, sur ses sabots fendus, dos levé, corps cambré, et ça paraissait impossible qu'un animal aussi grand et aussi lourd puisse bouger avec une telle légèreté.

Quand je suis parti, l'homme m'a salué de loin avec ses glapissements coutumiers.

« Il n'y a rien! Il n'y a rien! », je me disais en rentrant en voiture au long de ces lacets de plus en plus serrés et déserts au fur et à mesure que je m'approchais de l'endroit où je vis. « Il n'y a, en tous lieux, que cette pullulation désespérée de vie et de mort à travers le temps, l'espace, que cette imagination désespérée… »

Maintenant je suis chez moi. Il fait très sombre. Il fait nuit noire. Je regarde cette petite lumière.

« Je vais aller là-bas! je me dis soudainement. Je vais aller voir ce qu'il y a à cet endroit-là! »

Je me lève de la chaise en fer, je vais fermer les volets, je les entends grincer sur leurs gonds rouillés, dans cet endroit désert où il n'y a pas âme qui vive. Je me déshabille. Je me couche sur le lit qui craque un peu à chaque mouvement. Je reste les yeux grands ouverts dans le noir, attendant le sommeil.

9

Ce matin pluie, grêle, vent. Impossible d'aller là-bas. J'ai regardé un long moment par la fenêtre ce déluge d'eau et de glace qui tombait violemment du ciel. Le vent se déchaînait, les tuiles volaient. De gros grêlons acérés heurtaient les vitres des fenêtres, les cassant presque. J'ai dû fermer les volets, me penchant un peu au-dehors, tandis que ces projectiles durs et glacés me frappaient et me blessaient les mains, les bras, la tête.

Quand j'ai pu sortir, tout était couvert de tessons de glace. J'ai pris l'échelle et je suis monté sur le toit pour remettre les tuiles en place. J'ai marché un moment dans le hameau, je me suis arrêté pour regarder les fleurs poussées çà et là, à présent complètement dévastées et hachées. Y compris les trois lys blancs qui fleurissent dans une vieille marmite pleine de terre qui se trouve devant un petit escalier de pierre, et dont j'ai suivi anxieusement la floraison, m'arrêtant tous les jours pour regarder et humer leurs calices à peine ouverts. Ici, les lys fleurissent tard, en juin et non pas en mai, voire fin juin. Depuis quelques jours, leurs grandes tiges oscillaient sous le poids de leurs grands calices blancs, avec leurs pistils chargés de pollen jaune. Ils répandaient un parfum suave alentour, depuis que les premiers étuis avaient commencé à blanchir puis à s'ouvrir.

À présent ils sont là, en pièces, les calices massacrés, les tiges brisées, la poudre jaune des pollens coulant sur ce qui reste des blanches corolles déchiquetées.

« Quel désastre ! Quelle horreur ! je me dis en m'éloignant pour ne pas voir. Se prendre la grêle juste au moment de la floraison ! Après tout cet énorme travail chimique obscur, dans les bulbes qui sont sous terre, durant l'hiver, le printemps, et puis cet essor soudain et presque miraculeux des longues tiges droites comme des épées, puis ces turgescences que l'on commence à voir, çà et là, et qui les font plier sous leur nouveau poids, puis cette ouverture, rapide et fulgurante, en quelques heures, le soir ils sont encore fermés et le lendemain matin ils sont déjà ouverts et diffusent leur parfum… La machine lancée de la floraison qui ne peut ralentir, qui ne peut plus s'arrêter, et puis, d'un coup, à ce moment-là précis, le fouet de la pluie froide, du gel, tous ces morceaux de glace qui s'abattent soudainement du ciel sur ces calices blancs à peine inventés… »

10

Un jour a passé. Pendant la nuit, le vent a chassé les nuages noirs qui menaçaient de tous côtés et le ciel s'est ouvert.

Je suis allé prendre la voiture. Je l'ai sortie de cette étroite étable aux murs et aux poutres encore imprégnés de l'odeur des bêtes qui y vivaient.

« Comment je vais faire pour trouver cet endroit ? », je me disais en descendant vers le fond de la gorge, sur cette petite route goudronnée, et puis en remontant un moment de l'autre côté, à la recherche d'une autre petite route, ou tout du moins d'un chemin qui puisse me rapprocher de l'endroit probable de la crête où la nuit je vois briller cette petite lumière.

Je montais lentement. C'était une succession de lacets, si serrés qu'ils donnaient un léger sentiment de vertige. Je regardais par le haut du pare-brise, pour ne pas perdre de vue l'endroit probable de la crête et des bois d'où, la nuit, filtre jusqu'à moi cette petite lumière. Des oiseaux traversaient de temps à autre la route, volant bas, presque à la hauteur du pare-brise, pour observer celui qui pénétrait dans leur royaume.

Tout à coup, après une série de lacets encore plus serrés et où le goudron était tout fendu et arraché, il m'a semblé apercevoir l'entrée d'un chemin, guère plus large qu'un sentier. Mais je m'en suis aperçu trop tard, tant elle était étroite et à moitié cachée par la végétation, et donc je l'ai dépassée.

J'ai freiné. Je suis revenu en arrière sur une dizaine de mètres. J'ai pris le chemin et, aussitôt après, je me suis arrêté.

Je suis descendu, pour tenter de comprendre si je pouvais continuer en voiture ou si je devais poursuivre à pied.

J'ai regardé autour de moi. Le chemin était enclos de chaque côté par la végétation, qui avait envahi une grande partie de la voie. Mais la chaussée était suffisamment large et il y avait même de petites portions d'asphalte, çà et là, envahies par l'herbe et par les ronces, signe qu'autrefois c'était une route. D'en haut arrivaient les cris brefs et inquiets des écureuils.

Je suis remonté dans la voiture. J'ai regardé un moment, à travers le pare-brise, ce monde inconnu dans lequel je pénétrais, sans savoir quoi faire, si je devais redémarrer ou continuer à pied, d'autant que je ne savais pas non plus si ce chemin menait vraiment jusqu'à l'endroit de la crête d'où provenait cette petite lumière.

J'ai démarré, j'ai passé la première. La voiture s'est mise à rouler doucement sur ce petit ruban de route. On entendait, dans ce silence végétal absolu, de petits bruits venir d'en haut, des cimes des arbres et même du ciel, le bruit de quelque branche qui se brisait sous les roues, de quelque buisson bas ou de quelque ronce pleine d'épines qui s'étirait au ras du sol jusqu'en travers du chemin.

J'ai continué ainsi, pendant un moment, au pas. Parfois le chemin s'élargissait légèrement, passant entre des arbres plus grands sous lesquels l'herbe ne poussait pas, et puis remontait au milieu des branchies de la forêt qui se resserraient à nouveau autour du capot de la voiture.

J'ai allumé les phares, même s'il faisait jour, parce que, à certains endroits, l'obscurité était si profonde que je n'y voyais presque pas.

Un renard a traversé le chemin, sa longue queue à l'horizontale dans sa course. Pendant un instant il a tourné la tête, ébloui, avant de disparaître au milieu du feuillage.

Le chemin continuait à monter vers la crête. Il y avait des moments où la végétation s'ouvrait et le soleil filtrait. J'ai vu soudain devant moi un petit pont de planches jeté au-dessus d'un torrent couvert d'écume qui coulait en chuintant au milieu des pierres. Je l'ai franchi lentement, les roues presque au ras de l'eau. J'ai recommencé à monter, même si je ne savais pas où j'allais, si on pouvait revenir en arrière sur cet étroit chemin, s'il y avait quelque part un endroit où manœuvrer et faire marche arrière.

Puis le chemin s'est interrompu d'un coup. Quelques grands arbres cassés s'y étaient abattus et coupaient la route en diagonale. Il n'était plus possible de poursuivre en voiture.

Je me suis arrêté. Je suis descendu. J'ai regardé autour de moi, dans cette petite clairière traversée par ces grandes formes désormais sans écorce. De longues échardes acérées se dressaient aux endroits où les arbres avaient été brisés, peut-être par la foudre, peut-être par le vent, peut-être même sous leur propre poids.

Je les ai enjambés. J'ai continué à pied, sur le chemin encore plus étroit qui se prolongeait tout de suite après. J'avais l'impression de ne pas être très loin de la crête, si c'était bien la même que je voyais de chez moi, si je ne me trouvais pas dans un endroit complètement différent, au milieu de ces montagnes toutes pleines de ravins, de précipices et de gorges.

Je n'étais pas loin, en effet, j'étais déjà sur le haut de la crête, car le chemin ne montait plus. À présent je marchais sur le plat, mais on ne voyait pas le paysage, on ne voyait rien, seulement des arbres, de la végétation et des ronces qui s'avançaient de tous côtés en traversant le chemin de leurs tentacules végétales, de leurs crochets, de leurs radicelles, de leur étau.

Mais il y avait encore un semblant de chemin qui menait quelque part. J'apercevais même des bouts de barbelé tombés et enfoncés dans le sol, quelques briques décolorées et cassées, et quelques pierres, signes qu'autrefois il devait y avoir eu ici une maison ou un abri pour les bêtes.

Je continuais à marcher. La lumière du monde ne s'ouvrait pas, le ciel ne se voyait pas, tant la crête était dominée par la forêt.

Tout à coup, toujours dans l'épaisseur de la végétation, est apparue soudainement devant moi une petite maison en pierre.

Je me suis arrêté.

« C'est ici ! Je l'ai trouvée ! je me suis dit le cœur battant. Ça doit être d'ici que filtre cette petite lumière que je vois la nuit de chez moi, quand je m'assois sur ma chaise en fer et que je regarde de l'autre côté de la gorge. D'une lampe devant la porte, d'une petite fenêtre… »

Mais il n'y avait ni portes ni fenêtres. Seulement des murs aveugles en pierre qui la fermaient de chaque côté.

« Comment c'est possible ! C'est quoi cette maison ? », j'ai pensé.

Tout de suite après, j'ai compris que je me trouvais sur l'arrière, que je devais faire le tour pour gagner l'entrée.

J'ai suivi le mur, je suis arrivé sur le devant.

Il y avait une porte, et elle était même ouverte.

À l'intérieur, dans une cuisine, se trouvait un enfant en culottes courtes, la tête rasée. Il soulevait dans ses petits bras un nuage de draps, qu'il s'apprêtait à mettre dans un baquet.

De stupeur, je me suis arrêté.

Lui aussi s'est arrêté, le nuage de draps dans ses petits bras.

On s'est regardés sans parler. L'enfant avait les yeux écarquillés, grands, ronds. La bouche ouverte, d'où sortait une petite dent cassée.

— Mais qui tu es, toi ? j'ai voulu dire.

Il ne m'a pas répondu.

Il continuait à me regarder de ses grands yeux écarquillés, ronds. Sa petite tête rasée dépassait à peine du nuage de draps.

— Qu'est-ce que tu es en train de faire ? La lessive ? j'ai bredouillé encore, parce que je ne savais pas quoi dire.

— Oui, il m'a répondu après un instant d'hésitation, de sa petite voix.

— Pourquoi tu fais la lessive ?

Il a rougi soudainement.

— Je fais pipi au lit ! il a dit en baissant la tête de honte. Je dois toujours laver les draps parce que sinon ils sentent mauvais.

Je continuais à le regarder sans ciller.

— Mais c'est toi qui les laves ?

— Oui.

— C'est pas ta maman qui les lave ? je lui ai demandé.

— Maman, elle n'est pas là.

— Et ton papa ?

— Il est pas là lui non plus.

— Tu vis ici tout seul, au milieu de la forêt ? je lui ai demandé abasourdi. Tes parents ne sont pas là ?

— Non.

J'étais debout, immobile, figé, devant la porte.

— C'est toi qui gardes la lumière allumée, la nuit ? je lui ai demandé.

Il est resté quelques instants en silence.

— Oui ! il a dit en baissant la tête.

— Et pourquoi ?

— J'ai peur du noir.

Je continuais à rester planté devant la porte tandis que l'enfant s'était remis à me regarder, son nuage de draps serré contre sa joue.

— Tu veux que je t'aide ? j'ai voulu dire.

— Non, je te remercie, il a répondu, de sa petite voix.

Je ne savais plus quoi dire. L'enfant était tout penché en face de moi, un peu déséquilibré par le poids des draps.

— Je peux faire quelque chose pour toi ? il m'a pris de lui demander encore.

— Non, il m'a répondu.

J'aurais voulu lui demander si je pouvais entrer, mais je comprenais qu'il ne valait mieux pas, d'autant plus que l'enfant avait bougé, il m'avait déjà tourné le dos, il avait déjà laissé tomber le nuage de draps dans le baquet plein d'eau savonneuse, les enfonçant dedans plusieurs fois avec ses petites mains.

— Excuse-moi, mais là j'ai beaucoup de choses à faire..., il m'a congédié avec gentillesse.

J'ai fait demi-tour. Je me suis mis à marcher vers l'endroit où j'avais laissé la voiture, longeant la maison et puis prenant ce chemin envahi par la forêt, et j'entendais les pierres et les petites branches craquer sous mes pas.

Je suis arrivé aux troncs brisés. Je les ai enjambés. Je suis monté dans la voiture. J'ai démarré.

« Eh bien, je l'ai trouvée! je me disais en roulant à nouveau lentement sur cet étroit chemin traversé par les ronces qui frappaient sur le pare-brise et sur les portes de leurs longues branches pleines d'épines, comme des fouets. C'est de là que vient cette lumière ! De cette petite fenêtre qu'il y a en haut, à l'étage, au-dessus de la cuisine… Apparemment elle arrive à passer à travers les arbres, d'un point où les branches s'écartent les unes des autres, et le feuillage est plus rare. Il l'allume de l'autre côté de la gorge, cet enfant qui vit tout seul au milieu de la forêt, en culottes courtes d'où sortent ses maigres petites jambes. Mais c'est bizarre… Les culottes courtes, ça fait un bail qu'ils n'en mettent plus, les enfants ! »

11

À présent il fait nuit. Plusieurs jours ont passé depuis que je suis allé là-bas. Je regarde d'ici cette petite lumière dont je sais maintenant d'où elle vient, assis derrière cette balustrade basse en pierre, tandis que le ciel limpide et sans lune est plein d'étoiles, et qu'arrivent des environs le cri des animaux et des rapaces nocturnes, et quelques grognements de sangliers qui se déplacent sous l'épais feuillage.

« Et peut-être que cet enfant aussi peut voir de là-haut la lumière de chez moi, la nuit…, je me surprends à penser. De l'autre côté de la gorge, au milieu de toute cette obscurité à perte de vue, de toute l'obscurité du monde, comme moi je vois la sienne, d'ici. J'ai oublié de lui demander s'il la voit… »

Ce matin, j'ai voulu aller à nouveau chez cet Albanais qui s'occupe de présences extraterrestres, pour lui dire que j'avais découvert d'où vient cette petite lumière, que les extraterrestres n'ont rien à y voir. D'autant plus que je devais prendre de l'essence dans un village non loin du sien, là où il y a une colonne devant une cour, et un vieux qui cure continuellement ses rares dents noires avec le bâtonnet en bois d'une glace. S'il voit que quelqu'un s'est arrêté devant la pompe, il quitte la vigne où il travaille et vient servir l'essence.

Je lui ai tout raconté, quand il a cessé d'émettre ces sons gutturaux et ces cris soudains, me voyant descendre le petit talus plein de fumier et de flaques fétides.

— Vous voyez ? je lui ai dit. Les extraterrestres, les aliènes, les déplacements dans l'hyperespace, les pliures n'y sont pour rien… C'est un enfant, juste un enfant…

Il me regardait avec perplexité. Et pourtant, à cause de la conformation particulière de sa bouche, on aurait dit qu'il souriait.

— Ah… un enfant… Vous dites que c'est un enfant ?

— Oui, c'est ça, un enfant !

Il a secoué deux ou trois fois la tête, ainsi que la couronne de ses cheveux gras, raides comme des spaghettis, d'où sortaient ses grandes oreilles en feuilles de chou.

— Un enfant qui vit seul, dans la forêt… Et ça ne vous étonne pas ? Vous trouvez ça normal ?

— Oui… enfin, non. Ça m'a surpris moi aussi.

— Quel enfant ça peut bien être ? il a dit en secouant encore la tête, avec son sourire imprimé. On est sûr qu'il est de ce monde-ci ?

— Mais je l'ai vu ! C'est un enfant, je vous l'assure !

— Vous savez les aliènes ne sont pas comme on les montre dans les films ! Ils peuvent prendre un aspect totalement humain. On ne les distingue pas des autres. Qui sait combien il y en a déjà, parmi nous !

Je l'ai regardé. Il me souriait. Mais en fait je ne sais pas s'il me souriait. On entendait les sonnailles des chèvres non loin. Le chien sautait en l'air et aboyait.

Même s'il est très tard, je m'obstine à rester ici, à regarder cette petite lumière qui palpite sur l'autre crête. La nuit est limpide, les étoiles sont partout dans cet immense espace creux au-dessus de moi. J'ai tiré la fermeture de mon sweat, j'ai ramené la capuche sur ma tête, parce que la nuit on commence à sentir le froid, dans ce lieu entouré de tous côtés par la végétation et par les bois. J'ai aussi les jambes un peu engourdies, parce que je suis assis depuis longtemps à regarder la petite lumière, alors que l'enfant doit dormir dans sa petite maison en pierre au milieu de la forêt, tout seul.

Je me lève de la chaise en fer. Je me dégourdis les jambes. Il fait nuit noire, mais je n'ai pas sommeil.

Je sors par le portillon, je le referme machinalement derrière moi, même si ici il n'y a personne et que je pourrais le laisser ouvert. Je me dirige vers le petit cimetière en bas de la descente, avec tous ces lumignons rouges qui palpitent dans la nuit. Je traverse le hameau, je continue à marcher sur la petite route en pente, on entend seulement le bruit de mes pas sous cet immense espace noir et oublié plein d'avalanches d'étoiles. Certaines nuits, quand c'est la bonne période – et en ce moment ça l'est – aux bords de la route, il y a des centaines, des milliers de lucioles. Elles pullulent au milieu du feuillage épais et noir, avec leurs myriades de petites lumières qui s'allument et s'éteignent par intermittence, on a l'impression de marcher dans un monde enchanté. Je fais attention à ne pas écraser celles qui traversent le chemin sombre en voletant à ras de terre, à ne pas cogner de la jambe ou du bras celles qui flottent devant moi comme pour me montrer la route. Quelquefois j'en prends une dans la paume de la main, je regarde de près son pauvre petit corps transfiguré par cette lumière qui filtre de ses parties molles, entre ses petits viscères.

— Ah… vous êtes encore là! Vous y êtes encore! j'essaie de dire au milieu de tout ce noir qui grouille de lumières. Alors vous n'avez pas été anéanties par la grêle! Où vous vous êtes cachées, quand tombaient du ciel ces morceaux de glace qui brisaient tout, qui ne s'arrêtaient devant rien, pas même devant les fleurs les plus belles et les plus parfumées ? Où vous êtes cachées la journée, quand personne ne vous voit ? Vous aussi vous devez avoir des petits trous, des petites tanières sous terre, quelque part, où vous vous cachez quand il y a la lumière, quand le ciel se remplit de glace ! Mais comment vous faites pour vous allumer comme ça ? Qu'est-ce qu'il y a dans vos pauvres petits corps d'insectes ? Quelle force vous avez pour pouvoir vous allumer et vous transfigurer comme ça, pour produire une telle lumière qui se voit même de très loin, et pour l'allumer et l'éteindre continuellement, pendant des heures ? Je sais, c'est un appel sexuel. Mais pourquoi il n'y a que vous, parmi tous les insectes, qui avez inventé cet appel ? Comment vous avez fait ? D'où est venue cette petite invention désespérée et cette petite lumière ? Et pour quelle raison, si vous disparaissez aussitôt après, si vous êtes anéanties, si on ne vous voit plus le reste de l'année, si vous vivez quelques semaines seulement, et puis vous sortez d'on ne sait où et vous vous mettez à voler par milliers en faisant pulser l'obscurité de cette nuit qui nous entoure ? Pourquoi ? Pour quelle raison vous vous êtes inventé cette chose inconcevable ? Pourquoi vous vous appelez comme ça l'une l'autre, dans le noir, dans les rares instants que vous passez dans un monde que vous ne voyez pas ? Pour continuer à vous reproduire ? Mais pourquoi ? Pour que d'autres êtres comme vous puissent continuer à se reproduire et à voler pendant quelques semaines, quelques instants, dans cette énorme nuit qui nous entoure ?

Mais elles n'en savent rien. Et, si elles le savent, elles ne me répondent pas.

12

Il pleut encore, à verse. À ne pas mettre un chien dehors. J'en profite pour laver un peu de linge qui s'était accumulé dans le tambour, bien que l'on ne puisse pas l'étendre dehors. Je l'étendrai avec des pinces à linge sur le séchoir qui est dans la maison.

Je vais fendre un peu de bois dans la cave. J'allume la cheminée. Lorsque le feu a bien pris, je prends le linge et je le mets devant, pour qu'il sèche plus vite. Pas trop près, à cause de ces nuées d'étincelles fusant des bûches qui s'écroulent.

Je regarde le feu, assis sur une petite chaise aux pieds sciés, tandis qu'il s'entortille autour des bûches en changeant constamment de couleur. Il gémit longuement et puis il éclate d'un coup en mille grandes étincelles, monte en allant lécher l'écorce et les éclats de bois disposés en pyramide. Du dehors, de l'extérieur, on peut voir ma cheminée qui se met à fumer, la seule parmi celles qui subsistent sur les toits de ces maisons inhabitées et déglinguées, si tant est qu'il y ait encore quelqu'un qui puisse la regarder.

Je me fais cuire des pâtes. Je les égoutte. Je me mets à manger assis au bout de la petite table vide, face à la porte-fenêtre ouverte. Je regarde la pluie qui continue à tomber dru sur l'herbe qu'il y a devant.

Un peu de temps a passé. J'ai fait la vaisselle, j'ai nettoyé avec un chiffon le dessus de la cuisinière qui était plein de traces. J'ai dégivré le frigo, décollant les écailles de givre avec un grattoir. J'ai essuyé la flaque d'eau qui s'est formée devant. J'ai tout remis dedans. J'ai enlevé avec de la javel les taches de moisissure qui s'étaient formées sur les murs. Je suis allé jeter les ordures dans un trou.

Il y a un instant, alors que je faisais tout ça, j'ai entendu un vacarme venir soudain de la ruelle. J'ai couru dehors, parce que personne ne passe jamais par ici.

Je me suis arrêté devant la porte.

Un groupe de cavaliers, tous couverts de cirés en plastique transparent pour se protéger de la pluie, remontait la ruelle en selle sur de grands chevaux.

J'ai fait un signe de la main, pour les saluer, parce que c'étaient les premières personnes que je voyais depuis que j'étais arrivé ici. Ils m'ont répondu en silence, de leur hauteur, d'un signe de leur tête recouverte des capuches des cirés ruisselant de pluie, pendant que les chevaux continuaient à avancer au pas en faisant retentir sous leurs sabots les pierres de la ruelle. Sous le voile transparent des cirés, on voyait parfaitement leurs vêtements. Il y avait aussi une femme parmi eux, une jeune fille, m'a-t-il semblé, en jeans et bottes.

Après qu'ils sont tous passés, je suis sorti jusqu'au portillon. Ils étaient arrêtés devant les deux abreuvoirs en pierre. Les chevaux avaient le bout du nez dans l'eau et s'abreuvaient. Ils paraissaient énormes dans l'espace resserré de la ruelle.

Et puis ils ont repris leur route. Ils sont passés sous le passage voûté, et alors j'ai entendu résonner encore plus fortement les sabots, tandis qu'ils traversaient le hameau désert et disparaissaient.

« Il y a une foire aux chevaux ! je me suis dit. Dans un village plus bas. Tous les ans, je crois… C'est peut-être là qu'ils vont sur le dos de leurs montures. Ils ont dû vouloir prendre la route la plus longue, au milieu des bois et des hameaux inhabités, le long de sentiers qu'ils ne connaissaient pas encore… »

Mon cœur battait fort. J'ai dû sortir de la maison et marcher à grands pas, pendant un long moment, malgré la pluie battante, m'abritant tant bien que mal avec un parapluie d'où pointent les baleines. J'ai pris le chemin par où étaient arrivés les cavaliers. Il y avait en effet les empreintes profondes des sabots dans le sol et dans la boue, déjà pleines d'eau. Mais aussi d'autres flaques et filets d'eau qui s'étaient formés depuis peu à cause de la forte pluie qui dévalait des montagnes. Et même de petits ruisseaux qui coulaient au milieu du chemin, formant un voile transparent de vagues, dans des ornières fraîchement creusées ou dans d'autres qui semblaient inscrites par les pneus de quelque moto de cross, savoir par qui, savoir quand, parce que je n'ai jamais entendu de bruits de moteurs, pas même au loin.

« C'est comme ça que les ruisseaux, les torrents, les fleuves se forment…, je me disais avec émotion. Des masses d'eau qui gonflent petit à petit et attirent et puis englobent avec la force croissante de leur avancée d'autres masses d'eau plus petites qui descendent le long de la montagne abrupte, alors que d'autres se perdent, çà et là, sans avoir eu la force de se transformer en ruisseaux, en torrents, en fleuves. Des ruisselets identiques en apparence, qui se sont formés comme ça, en quelque endroit inconnu et hors du monde, là où personne ne peut les voir, et qui sortent ensuite à découvert quand ils sont déjà gros, impétueux, creusant leurs lits dans les gorges des montagnes, dans les vallées et puis dans les grandes plaines, et personne ne peut plus les arrêter… »

13

Je suis retourné chez cet enfant. Quand je suis arrivé là-bas, après avoir parcouru en voiture, très lentement, au pas, cet étroit chemin enseveli sous la végétation, et franchi le petit pont de planches qui oscillait sous le poids de la voiture, et puis les troncs brisés, et après avoir contourné l'arrière aveugle de cette petite maison en pierre, presque une ruine, qui avait peut-être abrité autrefois une étable avec le foin au-dessus, comme la plupart des maisons qu'il y a dans le coin, l'enfant faisait la vaisselle, debout, sur une caissette retournée pour pouvoir atteindre avec ses mains le robinet de l'évier.

Quand il a entendu mes pas devant la porte, il a tourné sa petite tête rasée vers moi, il m'a regardé de ses yeux ronds, bouche ouverte, d'où sortait sa petite dent cassée. Puis il s'est retourné, a continué à faire la vaisselle.

— Tu veux que je t'aide ? je lui ai demandé, pour engager la conversation.

— Non, merci, j'ai l'habitude de la faire, il m'a répondu gentiment.

Je restais sur le pas de la porte, parce que je ne savais pas si je pouvais entrer, je regardais les petites mains de l'enfant qui lavaient assiettes et couverts dans l'évier, passant bien dans les interstices savonneux entre une dent et l'autre des fourchettes, rinçant les assiettes jusqu'à ce qu'il les sente parfaitement lisses et qu'elles fassent ce petit bruit sous ses doigts, sa tête rasée bien penchée en avant, sans qu'il se soucie de ma présence.

J'ai regardé autour de moi. Il y avait un drap mis à sécher, sur une corde tendue entre deux pitons, ainsi que des vêtements plus petits : maillots, slips, socquettes. Un peu plus loin venait une autre petite maison que je n'avais pas remarquée la première fois, plus basse, à moitié écroulée et cachée dans les arbres.

— Il y a quelqu'un dedans ? j'ai voulu demander à l'enfant, montrant la petite maison.

— Non, il m'a répondu.

Il avait enfin terminé de rincer les assiettes, il les essuyait une par une avec un torchon avant de les aligner sur l'égouttoir, se dressant sur la pointe des pieds pour que ses petites mains puissent l'atteindre.

— Il n'y a personne pour t'aider ? je lui ai demandé, toujours debout devant la porte.

— Non, il m'a répondu.

— Et tu te fais aussi à manger ?

— Oui, bien sûr !

— Qu'est-ce que tu te prépares ?

— Oh... je fais des pâtes, j'épluche des légumes, je râpe du parmesan...

Je le regardais, je le regardais tandis qu'il continuait à ranger les assiettes, cherchant une à une les rainures où les glisser, étirant du plus qu'il pouvait son petit corps, debout sur la caissette, sa tête rasée qui essayait d'arriver le plus haut possible pour réussir à voir.

— Mais tu es toujours tout seul ! je n'ai pas pu m'empêcher de dire.

Il ne m'a pas répondu. Il y avait beaucoup d'assiettes, signe qu'il ne les lavait pas depuis un moment. Il continuait à les ranger, concentré, absorbé. Il enfilait les couverts dans le range-couverts, séparant bien cuillères, fourchettes et couteaux.

« Est-ce que c'est vraiment une créature de ce monde-ci ? », je me disais.

L'enfant avait fini de ranger la vaisselle. Il était descendu de la caissette. Il essuyait ses petites mains, les observant attentivement pendant toute l'opération et passant bien le torchon entre chaque doigt.

— Et les cheveux ? il m'a pris de lui demander. Qui te coupe les cheveux ?

— Je me les coupe tout seul ! il m'a répondu.

— Ah, oui ? Et comment tu fais ?

— Avec le rasoir électrique !

— Arrête ! c'est pas vrai !

Il s'est animé. Je l'ai vu se retourner, et puis courir vers l'escalier en bois qui menait au premier étage, aux marches très hautes, qu'il grimpait péniblement avec ses petites jambes.

On entendait le bruit de ses pas qui couraient sur le plancher de l'étage.

Il est descendu en serrant une chose noire dans sa petite main. Il est venu presque jusque devant la porte, il me l'a montrée.

Je me suis penché pour la regarder, sans franchir le seuil, car il ne m'avait pas invité à le faire.

L'enfant me montrait dans sa petite main un rasoir électrique de forme allongée à une seule tête.

— Mais ça fait des lustres qu'on ne les utilise plus ces rasoirs ! Comment tu l'as eu ?

— Je l'ai trouvé ici, il m'a répondu.

Je l'ai regardé de très près, à un mètre de distance, ou à peine plus, parce qu'il était arrivé au ras de la porte, et que moi aussi je m'étais rapproché pour mieux voir le rasoir.

— Et comment tu fais pour te les couper ? je lui ai demandé.

— Comme ça ! il m'a répondu en commençant à faire tourner le rasoir éteint autour de sa petite tête, tout en faisant avec sa bouche le bruit du petit moteur.

Puis il s'est arrêté. Tout à coup, il a fait un pas en arrière. Moi aussi, je ne sais pas pourquoi, j'ai reculé d'un pas.

Je suis resté un moment sans parler, tandis que l'enfant courait à nouveau au premier étage pour ranger son rasoir.

J'ai regardé autour de moi, en attendant qu'il descende. Il y avait une petite balle colorée, sous le banc cassé près de la porte.

« Apparemment il joue ! je me suis dit. Parfois, tout seul… »

L'enfant est descendu. Mais il n'est pas revenu vers la porte. Il s'est mis à fouiller de ses deux mains dans un cartable. Il en a sorti des cahiers, deux stylos, un crayon, un taille-crayon, deux gommes. Il a mis le tout sur la table, il s'est assis devant.

Il a ouvert un cahier.

— Qu'est-ce que tu fais ? je lui ai demandé, de l'autre côté de la porte.

— Je fais mes devoirs ! il m'a répondu.

Je le regardais avec une stupeur infinie.

— Pourquoi ? Tu vas aussi à l'école ?

— Bien sûr ! il a rétorqué en ouvrant un autre cahier.

Il a commencé à faire courir son crayon sur un des cahiers, sans plus me prêter attention.

Je ne savais que dire, que faire.

L'enfant s'était mis à tailler son crayon, il regardait attentivement dans la fente près de la petite lame d'où sortait la poussière de graphite, pour s'arrêter juste avant que la pointe ne se casse.

— Je peux entrer ? j'ai voulu lui demander.

— Excuse-moi, il a répondu de sa petite voix, mais je dois faire mes devoirs maintenant.

14

Ainsi, tous les deux ou trois jours, quand je vais là-bas, je m'assois sur le petit banc cassé près de la porte, pour ne pas rester debout tout le temps, et on parle, tandis que l'enfant est occupé à ses travaux, à faire la lessive ou la vaisselle, à laver par terre, avec une serpillière qu'il tire et pousse avec un moignon de balai.

— Alors tu vas à l'école…, je lance, pour engager la conversation.

— Oui, bien sûr ! il me répond en continuant à frotter la serpillière sur le sol de la cuisine.

— Mais tu vas dans quelle école ? Pourquoi certains matins, quand j'arrive ici, tu es là ?

— À l'école du soir.

— Il y a une école du soir par ici ?

— Oui. En bas, au village.

— Et tu fais la route à pied, tout seul, dans la forêt ?

— Forcément !

— Tu veux que je t'accompagne ?

— Non, merci, j'ai l'habitude.

Je reste silencieux. Je le regarde, penchant

la tête depuis le banc pour arriver à le voir à l'intérieur de la cuisine, tandis qu'il continue à pousser son balai-brosse improvisé, le visage rougi par l'effort, s'interrompant parfois pour répondre à mes questions.

— Et la lumière? je demande encore, au bout d'un moment. Quand est-ce que tu l'allumes, la lumière? Comment ça se fait que je la vois s'allumer toujours à la même heure, depuis chez moi?

— Je l'allume dès que je rentre de l'école du soir.

Je reste à nouveau silencieux. J'entends, même d'où je suis, le bruit de son souffle court sous l'effort.

— Et comment tu fais avec les bêtes? il me passe par la tête de lui demander encore, au bout d'un moment. Tu es au milieu des bois… Comment tu fais pour tenir les bêtes à distance?

Il s'interrompt quelques instants, il vient me répondre près de la porte.

— Je tape avec les couvercles! il dit en me regardant de ses yeux ronds. Je prends deux couvercles de casserole et je les tape fort pour leur faire peur et les tenir loin!

Je souris.

— C'est ce que je fais moi aussi, des fois…, je lui réponds. La nuit, quand j'entends leurs cris trop près de la maison…

Je reste à nouveau silencieux. J'entends que, dans la cuisine, l'enfant a cessé de laver par terre, qu'il a rincé la serpillière dans l'évier, qu'il a mis le moignon de balai debout à côté.

— Tu veux que je t'aide à faire tes devoirs? je lui demande, quand je vois qu'il a sorti les cahiers de son cartable, et qu'il est allé s'asseoir à la table.

— Non, merci, c'est à moi de les faire.

Il ne dit plus rien pendant un moment. Moi aussi je reste silencieux, pour ne pas le déranger. D'où je suis, je le vois avec sa petite tête rasée penchée sur le cahier, la pointe de la langue entre les dents tellement il est concentré. On entend seulement, tout autour, le bourdonnement des insectes qui se jettent tête la première dans la pourriture parfumée des fleurs.

« Bizarre... Bizarre..., il me vient à l'esprit. Aujourd'hui on ne s'en sert plus de ces cartables qu'on tient par une poignée, je crois... Les enfants vont à l'école avec toutes sortes de sacs à dos... »

Lorsque je reprends la voiture pour rentrer chez moi, et que je suis déjà sorti du bois, et que je roule déjà sur la route goudronnée qui descend jusqu'au bout de la gorge, là où la pente est plus faible et où il y a des champs moissonnés, il m'arrive de voir, ces jours-ci, des hommes en bleu de travail qui brûlent la paille au chalumeau. Ils marchent le long des andains, brandissant de longues lances d'où jaillit en sifflant une flamme bleue. Il se dégage, des tas déjà consumés, une fumée âcre.

Je n'en suis pas sûr, mais je crois remarquer quelque chose d'étrange dans le comportement des hirondelles. Certes, elles continuent comme avant de filer à toute vitesse dans le ciel, tandis que je suis assis sur ma chaise en fer, dans la dernière lumière du jour. Et à descendre en piqué, suivant les insectes presque jusque sur mes tempes, avec leurs becs grands ouverts et leurs cris, et puis à remonter plus haut dans le ciel, où il y a plein d'autres hirondelles qui volent comme des folles, et on ne comprend pas comment elles font pour se frôler l'une l'autre à cette vitesse sans jamais se rentrer dedans. Mais, en même temps, il me semble saisir quelque chose de différent dans leur comportement, bien qu'elles continuent de mener leur folle vie de toujours et ne le donnent pas à voir. Comme si elles étaient ici et en même temps n'y étaient plus. Quelque chose d'imperceptiblement différent dans leur façon de remplir le ciel de cris et de se frôler, comme si elles faisaient aussi autre chose, comme si elles se disaient aussi autre chose.

— Qu'est-ce que vous fabriquez ? j'ai crié tout à l'heure.

— Tu ne vois pas ? On vole ! elles m'ont répondu.

— Oui, oui, ça je vois ! je crie encore. Mais vous faites autre chose ! Vous volez comme jamais je ne vous ai vues voler…

— On vole toujours comme tu ne nous as jamais vues voler !

Je les ai regardées encore un moment, sans plus rien dire, retenant mon souffle. Tout le ciel était traversé par ces flèches en folie, qui pourtant ne volent pas comme des flèches, qui décrochent, plongent, changent soudainement de direction, trissent.

— Comment on pourrait définir, au niveau médical, votre nature hyperkinétique, votre état mental : névrose moteur, hystérie, schizophrénie ? j'ai crié encore à l'une d'elles qui est descendue plus bas que les autres.

— En attendant, prends-toi ça ! elle m'a répondu.

Un instant après, j'ai été touché en plein front par un jet sorti du petit trou pulsatif au milieu des plumes de ce petit corps fou en vol.

Le ciel se fait de plus en plus sombre. Puis, soudainement, de l'autre côté de la gorge, sur la ligne de l'autre crête, s'allume cette petite lumière dans l'obscurité.

« Voilà, il est revenu de l'école…, je me dis. Il vient tout juste de rentrer à la maison, il a couru tout de suite allumer la lumière, après avoir traversé la forêt, dans le noir, tout seul… »

15

Je ne m'étais pas trompé. Il se passe quelque chose d'énorme dans le ciel, dans ces petits cerveaux de quelques grammes qui traversent l'espace comme des flèches, dans tout ce grouillement d'ailes qui ébouriffent l'atmosphère.

Les hirondelles se préparent à migrer.

En apparence, elles continuent à mener leur vie habituelle. Comme toujours, elles volent follement, poussant des cris. Elles fendent le ciel, bec grand ouvert, pour ingurgiter des pelletées d'insectes. Comme toujours, elles sortent de leurs mille nids invisibles, aériens, dans les chéneaux rouillés et percés, dans les trous entre les pierres et sous les toits écroulés de ce hameau hors du monde dont elles ont pris possession. Comme toujours, elles plongent en vol rasant, au fil de l'eau des abreuvoirs, risquant de s'écraser contre leurs arêtes en pierre, les hirondelles adultes et celles qui sont nées depuis peu et qui s'essayent à leurs premiers vols de folie. Et pourtant, et pourtant… Il y a une frénésie nouvelle, une excitation nouvelle, un affolement plus grand dans leur comportement. Elles se croisent en des points beaucoup plus hauts dans le ciel, trissent encore plus fort. Qui sait ce qu'elles se disent ? Qui sait ce qui se passe au sein de ces nuées de petits corps en vol ? Quelle est l'étincelle qui a donné naissance à tout ça ? Comment se créent les premières agrégations, là-haut, dans l'espace, durant les premiers vols toujours plus fournis qui commencent à tournoyer sur ces ruines désertes qu'elles sont sur le point d'abandonner, sans peut-être qu'elles le sachent encore elles-mêmes ? Elles descendent en piqué en nombre croissant au-dessus des abreuvoirs, comme si elles faisaient des réserves d'eau avant leur très long voyage vers qui sait où, sortant du petit passage voûté et du coin de la ruelle comme des flèches, et plongeant au ras de l'eau, le bec grand ouvert, en trissant, avec des battements de leurs longues ailes affolées. Savoir si elles savent où elles vont ? Si au moins l'une d'entre elles le sait et réussit à le communiquer aux autres, ou bien si elles s'inventent le voyage pendant qu'elles sont déjà en voyage, dans ces premiers tournoiements démesurés pleins de myriades de petits cerveaux de quelques grammes qui traversent de part en part le ciel du monde, si serrés qu'on ne comprend pas comment font toutes ces ailes pour battre là-dedans ?

Elles s'arrêtent de plus en plus nombreuses sur les arêtes des vieilles maisons en ruine, aux bords des toits, sur quelque vieille ligne électrique restée en place. Puis elles s'envolent à nouveau. On dirait qu'elles reprennent leur vie de tous les jours, on dirait que rien n'a changé, qu'aucun départ n'est en vue, qu'il a été reporté on ne sait pour quelle raison, pour quelque modification imperceptible de la température et de la composition de l'air qu'elles seules ont immédiatement perçue, vivant si haut, dans le ciel. Il semblerait que ce soit encore trop tôt pour partir. C'est encore l'été. Mais, le jour suivant, tout cet incroyable affolement reprend de plus belle. De nouveaux vols, plus grands, se recomposent, en formations effilochées dans le ciel, pour attirer les autres hirondelles encore isolées. Mais aussitôt après ils se disloquent à nouveau, en quelques instants chacune prend une direction différente. Mais plus haut, encore plus haut, d'autres vols se forment. Et puis d'autres encore. Jusqu'à ce que l'on voie soudainement les premiers grands nuages démesurés grouillant d'hirondelles trissantes qui se lancent dans ce voyage fou dont elles ne connaissent même pas la destination.

Elles l'ont compris bien avant tout le monde, là-haut, que quelque chose avait changé sur la terre, qu'il se passe quelque chose d'énorme, que l'été se termine, que d'ici peu le ciel et la terre ne seront plus les mêmes, que commenceront l'automne, l'hiver.

Ce matin, quand je suis allé prendre la voiture dans l'étable, j'ai vu une nappe d'hirondelles couvrir tout de noir, les quelques lignes électriques et les toits, les pointes des roseaux encore plantés dans le sol, là où autrefois il y avait les potagers, comme si elles étaient toutes là pour me saluer avant de prendre leur envol.

Je suis descendu doucement pour les regarder encore un peu. Je suis arrivé au village. J'ai marché le long de ses ruelles, sans penser à rien. Je suis arrivé jusqu'à la boutique. Il n'y avait personne, cette fois-ci. Seulement cette vieille femme qui déplaçait des sacs de semences. J'ai pris des pâtes, un peu de pommes de terre, des conserves, choisissant celles avec le couvercle le moins rouillé. Je me couvrais de temps en temps le nez de la main, à cause de la puanteur. De gros chats, gavés de nourriture par la vieille, étaient sortis qui sait d'où en entendant le bruit de mes pas dans le magasin vide. Ils ont commencé à se frotter contre mes jambes avec leurs ventres gonflés comme des ballons. Au moment de payer et de mettre ce que j'avais acheté dans un sac plastique que j'avais pris avec moi, j'ai voulu demander à la vieille si par hasard il y avait une école dans ce village.

— Sûr qu'il y a une école ! elle m'a répondu, dans son patois.

— Une école du soir..., j'ai ajouté au bout d'un moment, tandis que je rangeais ma monnaie.

Elle s'est étonnée.

— C'est quoi une école du soir ? elle m'a demandé.

— Mais voyons... là où les enfants vont le soir au lieu de la journée !

— Jamais entendu parler, elle a répondu. J'ai toujours habité ici et j'en ai jamais entendu parler ! Moi j'ai toujours vu les enfants sortir le jour.

Elle devait avoir une forte démangeaison à la tête, parce qu'elle s'est mise à se gratter avec la pointe d'une aiguille à tricoter.

— Vous pouvez m'indiquer où se trouve cette école ? je lui ai demandé encore.

Elle est sortie du magasin en savates. Elle m'a montré la route pour y aller.

J'y suis arrivé en peu de temps. C'est une construction basse et longue, à angle droit, avec seulement un rez-de-chaussée et un étage, coincée au milieu des autres maisons, presque toutes en pierre. Un bâtiment d'une certaine importance par rapport au reste, aux murs crépis, construit probablement il y a un siècle, quand le village était davantage peuplé et qu'il y avait davantage d'enfants. On le dirait parachuté de nulle part.

Je me suis arrêté devant le portail et j'ai regardé en l'air. Les grandes fenêtres de l'étage étaient toutes ouvertes, mais on n'arrivait pas à voir si à l'intérieur il y avait des salles de classe.

Tout à coup, j'ai compris, à voir filer à toute vitesse une petite forme sombre, qu'un enfant en blouse noire était passé en courant devant une des grandes fenêtres.

Sous le coup de l'émotion, j'ai eu le souffle coupé.

16

La nuit d'hier, il y a eu un nouveau tremblement de terre. Non pas une seule secousse, mais plusieurs, les unes derrière les autres, ondulatoires, qui ont duré une dizaine de secondes chacune.

Je m'étais tout juste endormi, après être resté éveillé un long moment dans le noir, les yeux fermés, sans penser à rien. Mais le sommeil ne venait pas. C'est du moins ce qu'il me semblait, parce qu'on ne sait jamais très bien ce qui se passe dans notre esprit dans ces états précédant le sommeil, lorsqu'on tombe quelques instants dans une espèce de catalepsie et que tout de suite après on est à nouveau complètement présent à soi-même, revenant de quelque part où on s'était aventuré, bien qu'on ne sache pas où. Savoir s'il existe des explorateurs qui, après avoir visité une multitude de territoires inconnus, ne se rappellent plus, une fois rentrés, où ils sont allés ?

Quelques secondes après m'être finalement endormi, ou du moins c'est ce qu'il m'a semblé, parce qu'il n'y a plus de temps dans cet état intermédiaire, le lit s'est mis à trembler sous moi. On a entendu ce grondement léger, impressionnant, dont on ne sait pas en fin de compte si on l'entend vraiment ou si c'est uniquement une perception de l'énorme fracas de roches et de terre qui se produit au même instant dans la lithosphère.

J'ai ouvert grand les yeux, s'ils n'étaient pas déjà grands ouverts. Les secousses continuaient sans trêve, les unes après les autres, dans ce silence immense. Aucun cri excité de personnes réveillées dans leur sommeil, aucune lumière s'allumant brusquement, aucun bruit de pas, de gens fuyant dans la nuit, à moitié nus, en robe de chambre, des couvertures jetées sur les épaules. Seulement moi, invisible, toute lumière éteinte, les yeux grands ouverts dans le noir, dans ce lieu désert, qui sentais dans mon dos les vibrations de la bête qui bougeait sous la croûte terrestre, avec ce léger sentiment de vertige et de nausée et de perte de connaissance.

Je me suis tourné, je me suis recroquevillé sur un côté, car de cette façon j'avais l'impression de moins sentir les secousses. J'ai tiré le drap sur ma tête. Les secousses se sont interrompues pendant un moment, quelques secondes, quelques minutes, peut-être plus, je ne saurais dire, je n'avais pas la notion du temps. Puis elles ont recommencé. Il y en a eu une plus longue que les autres, à un certain moment, et on entendait le lit et la table de chevet craquer. Ça venait de dessous, de la cuisine, une vibration sonore de plus en plus forte, sans doute les assiettes et les verres qui tintaient en se heurtant sur l'égouttoir.

« Tout va s'effondrer maintenant ! », j'ai pensé en me couvrant instinctivement la tête avec un bras replié et en me recroquevillant encore plus sur le côté.

Je pressentais les premiers craquements de la maison qui se fissurait, les pierres presque déchaussées qui s'écartaient les unes des autres et se disjoignaient, les tuiles du toit qui se détachaient et tombaient, les premiers morceaux de charpente qui commençaient à s'abattre et à me frapper la tête, à me casser les côtes, les jambes, les gencives, l'arc des dents, à me défoncer le crâne contenant cette pauvre matière cérébrale qui continuait à penser et souffrir dans sa prison désespérée d'os brisés et de pierres. Je n'arrivais presque plus à respirer à cause de la poussière et de mes poumons écrasés sous les côtes brisées. Je mourais tout seul, dans ce sarcophage de gravats, loin de tous, invisible, oublié, sans plus pouvoir bouger sous le poids de la maison écroulée, qui sait pendant combien de temps, sans que personne n'en sache rien dans les villes du monde, lointaines, éclairées dans la nuit à perte de vue, respirant de plus en plus difficilement, le cerveau à moitié écrasé, là-dessous, qui sait pendant combien de temps, sans même pouvoir mouiller mes lèvres dans cette terrible déshydratation et dans cette fournaise.

Mais, petit à petit, les secousses ont diminué. Elles ont cessé tout à fait.

J'ai attendu encore un peu, parce que parfois tout semble terminé et puis il en arrive une autre encore plus forte, définitive. Quand j'ai compris que c'était vraiment fini, je me suis remis sur le dos, j'ai essayé de respirer plus profondément, les yeux grands ouverts dans le noir.

Je me suis levé du lit. J'ai marché pieds nus vers la petite fenêtre, et j'entendais dans l'obscurité le bruit de mes petits os qui craquaient en se posant sur les lattes du plancher. Je l'ai ouverte. J'ai également ouvert le petit volet de bois qui se trouve à l'extérieur. J'ai regardé un moment la cime des montagnes et les forêts noires qu'il y a tout autour. Le ciel aussi était complètement noir. Pas un seul cri d'animal nocturne. Le silence total. Tout un monde stupéfait, après ces violentes secousses qu'avaient ressenties là aussi, sous ce feuillage noir, les animaux blottis dans leur tanière, jusqu'aux tout petits, aveugles, ainsi que les arbres, et les racines qui sont les premières à endurer cet effrayant effondrement de faille, avec leurs terminaisons de plus en plus fines qui pénètrent très profond et sentent avant qui que ce soit avec ces invisibles crinières cérébrales retournées, le monde entier qui s'effondre à rebours.

J'ai tourné le regard vers l'autre crête.

Cette petite lumière était encore là, comme si de rien n'était. Elle filtrait entre les arbres, dans la nuit, dans le noir.

« Savoir s'il l'a senti lui aussi, le tremblement de terre ! », je me suis demandé.

17

Aujourd'hui, pour la première fois, l'enfant m'a laissé entrer.

Je suis arrivé là-bas en début d'après-midi. Avant de descendre de voiture, j'ai fermé les vitres, car la fois précédente je les avais laissées ouvertes et, quand je suis revenu pour repartir, j'avais vu qu'un animal assez grand, probablement un renard, debout sur ses pattes arrière, le corps tendu, essayait d'arriver avec son museau en pointe à la hauteur de la vitre et de regarder dedans.

Il s'est enfui en un éclair, quand il m'a entendu venir, sa longue queue au milieu du feuillage.

Je me suis approché de la maison. Je suis arrivé devant la porte. J'ai regardé à l'intérieur.

L'enfant n'était pas là.

Je ne savais pas quoi faire. Je ne pouvais pas l'appeler parce que je ne connaissais même pas son prénom.

La porte était ouverte, mais je ne me sentais pas d'entrer sans permission.

Alors je me suis assis sur le banc cassé qui se trouve à côté et j'ai attendu.

Au bout d'un moment, j'ai entendu un léger bruit de pas qui descendaient l'escalier en bois, très lentement car les marches étaient hautes pour ses petites jambes.

Je me suis levé, je me suis tourné vers la porte.

L'enfant, pas à pas, est arrivé au bas de l'escalier. Lorsqu'il m'a vu, il a écarquillé les yeux, il est presque venu en courant vers moi. Il est arrivé presque à la porte. Puis il s'est arrêté.

Il me regardait. Il avait les yeux rouges, comme s'il avait pleuré.

— Qu'est-ce qu'il y a ? je lui ai demandé.

Il est resté silencieux. Mais il tremblait un peu, partagé entre l'envie irrépressible de me dire quelque chose et celle de se taire.

Puis il s'est tourné. Il est allé chercher une petite éponge abrasive dans l'évier, a versé dessus quelques gouttes d'un produit liquide et s'est mis à nettoyer l'intérieur du four.

Il travaillait là-dedans avec ses deux mains, on entendait qu'il frottait énergiquement avec le côté abrasif de l'éponge et qu'ensuite, avec l'autre côté, il enlevait le détergent.

— Tu te sers aussi du four ? je lui ai demandé, étonné, debout derrière la porte ouverte.

— Oui, bien sûr ! il a répondu, à quatre pattes devant le four, la tête plongée à l'intérieur.

— Et tu fais quoi ?

— Oh, plein de choses…

Sa petite voix me parvenait un peu déformée de l'intérieur du four.

— C'est impossible ! j'ai laissé échapper.

L'enfant a sorti la tête du four.

Il paraissait vexé.

— Et tu fais quoi, par exemple ? je lui ai demandé encore.

— Aujourd'hui j'ai fait une tourte de pommes de terre ! il s'est exclamé.

— Je ne peux pas le croire ! j'ai laissé échapper à nouveau.

L'enfant s'est levé. Il est allé vers le buffet. Il a soulevé une serviette déployée sur une assiette.

Il y avait une tourte dedans.

Il a pris l'assiette. Il est venu vers moi en la tenant entre ses petites mains.

— Tu veux la goûter ? il m'a demandé.

C'est ainsi que je suis entré.

J'ai fait un pas à l'intérieur, retenant ma respiration. J'ai regardé autour de moi, dans cette cuisine où tout était en ordre : la table débarrassée, les assiettes lavées et bien alignées sur l'égouttoir, les couverts debout dans le range-couverts, pour qu'ils sèchent bien, un torchon plié sur le dossier d'une des chaises en bois, un autre accroché à un petit clou, près de l'évier.

Il a posé sur le bord de la table l'assiette de la tourte.

— Goûte comme c'est bon, il m'a dit encore.

Je me suis penché pour la regarder. Il en manquait une petite part, que l'enfant avait dû manger.

J'ai pris le couteau qui se trouvait tout près, j'en ai coupé une tranche et l'ai mise dans ma bouche.

J'ai commencé à la mâcher lentement, avec une très forte émotion. Je sentais à l'intérieur de ma bouche sa consistance qui s'émiettait sous mes dents, sur mon palais et ma langue.

— C'est très bon ! j'ai fini par lui dire.

— Tu as vu ? il m'a répondu, tout content.

J'ai regardé une nouvelle fois autour de moi, dans la cuisine. Il y avait aussi, dans un angle, une cheminée qu'on ne pouvait pas voir de l'extérieur, des bûches entassées à côté et une cagette pleine de petits bois.

— Tu as même une cheminée ! je lui ai dit. Et tu l'allumes ?

— Bien sûr ! il a répondu. Quand il fait froid.

Il répondait du tac au tac, mais je comprenais qu'il avait tout autre chose en tête, qu'il était pris par quelque préoccupation dont je l'avais détourné en arrivant.

— Tu me fais voir ta maison ? je lui ai demandé.

Il est resté silencieux quelques instants.

— D'accord..., il a fini par dire, dans un soupir.

Il s'est tourné. Il a commencé à monter l'escalier en bois, levant très haut à chaque pas ses petites jambes qui sortaient de ses culottes courtes, pour arriver à monter les marches.

Je le suivais sans mot dire, je voyais devant moi son dos et sa petite tête rasée qui avançaient en silence dans l'escalier.

On est arrivés à l'étage.

Il y avait une seule grande pièce, plus basse aux extrémités, là où le toit s'abaissait, un petit lit en fer aux draps bien pliés, avec deux petites savates tout près, le plancher, une table de chevet en bois. Rien d'autre.

— Une seule pièce..., j'ai murmuré. C'était peut-être un grenier, autrefois...

— Quelqu'un y mettait ses châtaignes, on m'a dit.

Je me suis tourné d'un coup vers l'enfant.

— Qui est-ce qui te l'a dit ?

Il ne m'a pas répondu.

Je balayais du regard cette grande pièce vide.

— Il n'y a même pas de cabinets ?

L'enfant a fait un geste de la main.

— Je vais dans la forêt, il a répondu.

J'entendais le bruit de mes pas sur le plancher

tandis que j'allais vers l'unique petite fenêtre de cette grande pièce.

J'ai regardé dehors. On voyait seulement cette étendue végétale inhabitée et couverte de forêts. On ne voyait pas mon hameau. Mais à bien y regarder, de l'autre côté de la gorge, on apercevait un coin de ma petite maison qui dépassait de la végétation.

Je me suis tourné vers l'enfant.

— Tu la vois toi aussi, quand il fait nuit, la petite lumière de cette maison qu'il y a là-bas, au loin ?

Il a hésité un peu avant de répondre.

— Oui, il a dit enfin, dans un souffle.

Je tremblais un peu, dans cette grande pièce vide, face à cet enfant qui me regardait en silence, par en dessous, de ses yeux gonflés, ronds.

— Voilà, maintenant tu as tout vu ! il m'a dit à mi-voix, avant de se retourner et de se diriger vers l'escalier.

Je l'ai suivi. On est descendus, lui devant, moi derrière. Il descendait très doucement, à cause de la disproportion entre ses petites jambes et les marches, un peu en biais, s'appuyant au mur de sa petite main.

Quand on a été à nouveau dans la cuisine, l'enfant, sans rien me dire, a sorti ses cahiers du cartable, les a ouverts sur la table, s'est assis devant.

Je ne savais pas quoi faire, si je pouvais rester encore là ou si c'était le signal que je devais m'en aller.

Je le regardais tandis que lui, tête penchée, les yeux encore un peu rouges et gonflés, ouvrait grand un cahier, passant et repassant dessus plusieurs fois, de haut en bas, la paume de sa petite main.

— Tu es toujours tout seul ? je n'ai pu m'empêcher de lui demander encore.

— J'ai l'habitude, il a répondu sans lever la tête.

Il s'est mis à tailler un crayon, de plus en plus lentement, de plus en plus lentement, tout en se mordant les lèvres.

— Hier, j'ai été envoyé derrière le tableau ! il s'est exclamé subitement, sans pouvoir se retenir.

J'étais debout, pétrifié.

« Alors c'est pour ça que, quand je suis arrivé, il a mis si longtemps à descendre, je pensais. Il pleurait d'humiliation, là-haut dans la grande pièce, tout seul… »

Je me suis laissé tomber sur l'autre chaise, près de lui.

— Et pourquoi on t'a envoyé derrière le tableau ?

Il est resté silencieux un moment. Il tremblait.

— Je ne comprends rien ! Je n'apprends rien ! il s'est exclamé à nouveau, et l'on voyait qu'il serrait les dents et se mordait fort les lèvres pour ne pas éclater en sanglots devant moi. Je n'arrive pas à faire mes devoirs !

— Mais alors laisse-moi t'aider !

Il a secoué deux ou trois fois la tête, sans me regarder.

— Non, ça ne sert à rien ! Le maître va bien voir que je ne les ai pas faits tout seul !

Je le regardais, je le regardais, tandis qu'il serrait les dents plein de désespoir.

Il y a eu un long silence.

— Au village on m'a dit qu'il n'y avait école que dans la journée..., j'ai balbutié, tout à coup, à voix basse.

L'enfant a levé son visage vers moi.

— C'est celle pour les autres enfants..., il a répondu, me regardant de ses yeux écarquillés, ronds.

— Les autres enfants ? Quels enfants ?

Il a hésité un peu avant de me répondre.

— Les enfants vivants.

18

Il y a un oiseau, quelque part dans la forêt, devant chez moi, en bas, qui fait le bruit d'une porte qui grince.

Au début je ne comprenais pas ce que c'était, d'où venait cet étrange bruit que j'entendais parfois, comme une vieille porte qui, quand on l'ouvre, grince sur ses gonds rouillés, mais lentement, lentement, avec des grincements très espacés les uns des autres, qui semblent toutefois venir de la forêt, où il n'y a pas de gonds, où il n'y a pas de portes.

Et puis, je ne sais comment, j'ai compris qu'il s'agissait du cri d'un animal, d'un oiseau.

Je l'entends parfois. Je l'ai entendu il y a peu, et alors je lui ai demandé, avec ma voix au milieu de tout ce silence :

— Et toi, de quelle race d'oiseau tu es ?

Il ne m'a pas répondu, mais je me suis imaginé qu'il m'avait quand même dit :

— Je suis l'oiseau porte-qui-grince.

Mais pourquoi je ne te vois jamais ? Je regarde dans le feuillage, quand j'entends ton cri, mais je ne te vois pas…

— Ce n'est pas la même chose avec les portes qui grincent ? Tu te retournes pour regarder et il n'y a jamais personne.

— Pourtant il y a bien quelqu'un qui les a fait grincer, même s'il s'est caché tout de suite après les avoir ouvertes pour ne pas se faire voir !

— Parfois il n'y a personne, seulement le vent.

— Alors tu es le vent ?

— Non, je suis la porte que le vent fait grincer.

— Et alors pourquoi certaines fois j'entends ton cri même quand il n'y a pas de vent ?

— Je suis l'oiseau qui fait grincer même le vent.

Les hirondelles s'en sont allées. On n'entend plus leurs cris dans le ciel, après que le soleil a disparu derrière la crête, dans les moments extrêmes de lumière, quand elles se jetaient pour la dernière fois sur leur pâture d'insectes et autres petites vies suspendues au-dessus de la ligne d'horizon, avant de disparaître dans leurs nids, entre les pierres et sur les toits, avant que les chauves-souris, bouches béantes et pleines de dents, ne sortent de leurs anfractuosités dans les ruines et ne commencent à leur tour à se jeter sur la nourriture, dans le ciel noir. J'attendais leur arrivée, après que les hirondelles avaient disparu du ciel, les unes après les autres, et alors ça voulait dire que pour moi aussi l'heure de rentrer était venue pour prendre mon petit repas, tout seul, dans ce lieu désert.

À présent, les chauves-souris arrivent plus vite, je crois, peut-être parce qu'il fait nuit plus tôt.

Je reste encore un moment à les regarder, assis sur ma chaise en fer, les semelles de mes chaussures sur la balustrade basse, les genoux pliés. J'observe leurs formes qui sortent de l'obscurité en vols obliques. Elles loupent tout le temps leur trajectoire, surtout les plus petites, celles qui sont nées depuis peu et qui commencent à apprendre à voler avec les membranes de leurs ailes en peau. Elles arrivent tout près et puis, alors qu'on dirait qu'elles vont me rentrer dedans, elles s'éloignent subitement en poursuivant leur vol asymétrique, aveugle, dans le noir, et s'approchent à nouveau, d'un coup, comme des chiffons lancés en pleine figure.

19

Hier soir, quand la nuit est tombée, au lieu de rentrer chez moi pour me préparer à manger, j'ai pris la voiture et je suis descendu au village.

Je conduisais lentement, phares allumés, vitres baissées. J'ai vu, après un des virages, les lumignons du cimetière qui palpitaient dans l'obscurité. La nuit était noire. Il y avait un peu de vent. Un oiseau, peut-être réveillé en sursaut par le bruit du moteur dans ce silence absolu, a battu fortement des ailes au milieu du feuillage. Il devait y avoir une couche de gros nuages noirs dans le ciel, car on ne voyait pas les étoiles.

Je continuais à descendre, parfois au point mort, sur les longues pentes. Des animaux, qui traversaient la route, s'avisaient seulement au dernier moment de l'auto qui roulait sans faire de bruit. Ils tournaient soudainement la tête vers les phares, éblouis.

Aucune autre voiture dans les parages. J'ai pris la route un peu plus large qui mène au village. Les rares maisons avaient leurs volets fermés, aucune lumière ne filtrait. Tout le monde devait être à l'intérieur en train de manger, ou bien devant la télévision, parce que les gens se couchent tôt dans ces contrées.

Je suis arrivé au village. J'ai garé la voiture sur la place qu'il y a à l'entrée. Je suis sorti. J'ai fait quelques pas. Je n'étais jamais descendu à cette heure-là. Il n'y avait personne alentour, dans les petites rues coincées entre les maisons en pierre. Pas même dans la grande rue qui traverse le village de bout en bout. L'unique bar était fermé lui aussi. On entendait seulement, de temps en temps, le tintamarre de quelque téléviseur provenant de l'une ou l'autre des fenêtres aux volets fermés, on voyait passer par les interstices une faible lueur, tandis que toutes les autres étaient silencieuses et éteintes, ses habitants déjà couchés dans le noir, dans leurs lits.

J'ai tourné à un coin de rue, je suis passé sous une voûte. J'ai fait encore quelques pas. Je me suis arrêté d'un coup, le cœur battant.

L'école était plongée dans le noir. Aucune lumière ne filtrait de ses larges fenêtres, ni au rez-de-chaussée ni à l'étage.

« Et pourtant, si là-dedans il y a des cours en ce moment, de la lumière devrait bien filtrer…, je me suis dit. Les fenêtres n'ont pas de volets, elles doivent être masquées de l'intérieur par de grands rideaux épais que le concierge doit tirer dès qu'il fait nuit, quand les cours sont terminés, passant une dernière fois dans les couloirs avant de fermer l'école… »

Je suis resté là, figé, sans penser à rien, en silence.

Le bâtiment était tout noir, pas la moindre petite lumière, pas la moindre petite voix ne venait de l'intérieur.

Je n'arrivais pas à faire le moindre pas, pour retourner là où j'avais laissé la voiture avant de marcher dans le village désert. Je m'obstinais à rester planté là, immobile, anéanti, dans cet endroit sombre à peine éclairé par un lampadaire que le vent balançait au milieu de la rue.

Je ne sais pas combien de temps s'est écoulé. Je sais seulement que, tout à coup, au moment même où j'avais réussi finalement à faire demi-tour pour rentrer, enfin c'est du moins ce qu'il m'a semblé, ou bien je l'ai seulement pensé, j'ai senti quelque chose, comme un petit trou d'air dans mon dos.

Je me suis tourné à nouveau vers l'école. Mais on ne voyait rien.

Le silence était tel que je pouvais entendre le léger grésillement que faisait la lumière dans le lampadaire, au-dessus de ma tête.

Au bout de quelques instants, il m'a semblé que le portail s'ouvrait lentement, sans faire de bruit, dans le noir.

Pourquoi, je ne sais pas, mais j'ai fait instinctivement un pas de côté, pour ne pas me faire voir. Je suis allé me mettre derrière l'angle du bâtiment en face, d'où je pouvais voir sans être vu.

Désormais le portail s'était complètement ouvert, mais personne ne sortait.

Il y avait toujours ce profond silence. Quelque chose grinçait quelque part, un peu plus haut, sans doute le lampadaire, à cause du vent.

J'avançai ma tête au coin du mur, de là je pouvais voir une grande partie du portail à deux battants complètement ouvert, tout le bâtiment de l'école toujours noir, même au rez-de-chaussée, même dans le hall qu'il devait y avoir après l'entrée.

Puis, subitement, est arrivé un léger bruit de pas comme venant de très loin.

Quelques instants plus tard, les uns après les autres, en silence, des enfants ont commencé à sortir du portail avec leur petite blouse noire et leur cartable.

J'avais les jambes molles, je les regardais sans respirer, caché derrière mon coin de mur, dans le noir, tandis qu'ils sortaient par le portail et puis descendaient les quelques marches qui menaient au niveau de la rue. J'essayais de distinguer, au milieu des autres, la tête rasée de l'enfant.

Quelques autres enfants sont sortis. Je croyais qu'il n'y en avait plus, mais il en est sorti encore deux.

Puis plus rien.

« Il n'est pas là ! », je me suis dit, à la fin.

Mais, quand il semblait qu'il n'y avait plus personne d'autre, il est sorti lui aussi.

Aussitôt après, le portail s'est refermé d'un coup, sans faire de bruit, derrière lui.

Chaque enfant a suivi son chemin, sans échanger un mot, sans un salut.

J'ai failli sortir de derrière le mur où je m'étais caché et m'approcher de l'enfant et lui prendre son cartable, pour l'accompagner jusqu'à sa lointaine petite maison, au milieu des bois. Mais je me suis arrêté, parce qu'il m'avait déjà répondu non quand je le lui avais demandé.

« C'est quoi ce monde ? », je pensais en regardant les enfants qui s'en allaient tout seuls dans le noir, avec leurs petites jambes nues sous leur petite blouse et avec leur cartable. « Où est-ce que, quand tout le monde dort, il y a des enfants morts qui sortent en silence des écoles du soir, tout seuls, sans que personne ne le sache, sans que personne ne les voie. Ils n'ont personne qui les attend, debout devant le portail, ils ne lèvent même pas leur regard dans le noir, de toute façon ils savent pertinemment que personne ne les attend. Ils s'en vont tout seuls, qui sait où… Maintenant cet enfant va traverser le village désert, il va prendre cette petite route qui monte et arrive jusqu'au début de la crête, puis le chemin plus étroit envahi par la végétation et par les ronces qui grimpe au milieu de la forêt, en pleine nuit, dans le noir, il va arriver jusqu'à sa petite maison, il va allumer la petite lumière… Quelle peine ils font les enfants morts quand ils sortent comme ça des écoles plongées dans le noir, la nuit, tout seuls ! Mais au fond…, les enfants vivants ne font-ils pas autant de peine ? »

20

Il fait de plus en plus froid. On commence à sentir davantage l'air, sur le visage. La lumière aussi est plus froide, plus limpide et plus froide. Il se passe quelque chose également chez les animaux, petits et grands, de la terre et du ciel. Je m'en aperçois lorsque je suis assis le soir ou la nuit au-dessus de ce précipice, ou bien quand je marche sur les sentiers dans les bois. J'ai l'impression de capter des sons différents, une espèce d'activité, entre les feuilles des arbres au-dessus de ma tête qui commencent à perdre un peu de leur vert et à se déshydrater, derrière les haies de ronces d'où proviennent de légers bruits de sabots ou de petits pieds feutrés qui s'enfuient en entendant mes pas, mais au dernier moment, comme si, tellement occupés à faire autre chose, leur esprit tellement absorbé, ils ne s'apercevaient qu'avec retard de ma présence. Mais aussi des grognements lents, irréels, d'endroits tout proches.

Je continue à aller tous les deux ou trois jours voir cet enfant. J'arrête la voiture à l'endroit habituel, à côté des troncs brisés. J'entre sans rien dire dans sa maison. Parfois je lui apporte un peu de courses, dans un sac qu'il utilise ensuite comme poubelle. Ça, c'est une chose qu'il n'a pas refusée.

— Tu veux rester manger avec moi ? il m'a demandé de façon inattendue ce matin, quand je suis arrivé.

J'y étais allé un peu plus tôt que d'ordinaire, parce que je ne parvenais pas à faire quoi que ce soit d'autre, je ne parvenais à rester nulle part ailleurs.

C'est moi qui ai hésité, cette fois. J'allais répondre non, mais j'ai vu que l'enfant, pour la première fois, me souriait.

Entre ses lèvres, qui étaient toujours un peu ouvertes sans doute parce qu'il ne respirait pas très bien par le nez à cause des végétations, on voyait poindre encore plus sa petite dent cassée.

— Comment tu te l'es cassée, cette dent ? j'ai eu tout de suite envie de lui demander, même si ça n'avait aucun rapport.

— Au combat ! il m'a répondu, levant son petit visage en signe de fierté.

Je suis resté là, figé, immobile, toujours sans répondre à son invitation.

Je ne savais pas quoi dire. Je restais silencieux. L'enfant aussi me regardait en silence, sérieux, inquiet, de ses yeux ronds.

— Qui cuisine? je lui ai alors demandé, en souriant, pour rompre ce long silence.

— Moi! Moi! il s'est exclamé, courant vers la cuisinière et l'évier.

Il s'est mis à sortir du sachet les légumes que j'avais apportés, il les a lavés sous le robinet, debout sur sa caissette retournée, il les a tout de suite coupés, rapidement, les tenant bien dans sa petite main qui ne maniait pas le couteau.

Je me suis assis sur la chaise, tourné vers lui, sans parler. Je regardais abasourdi ses petites mains et ses petits ongles qui se retiraient à la vitesse de l'éclair face à l'avancée du couteau qui coupait sans cesse de nouveaux morceaux de légumes. Et puis quand il a mis la casserole sous le robinet, la tenant de plus en plus difficilement au fur et à mesure qu'elle se remplissait d'eau et que son poids augmentait, debout sur sa caissette retournée pour essayer d'arriver au niveau de l'évier, et puis quand il y a mis les pâtes dedans lorsque l'eau a commencé à bouillir, pas mal de temps après, parce que, ici, l'eau met plus longtemps à bouillir.

— Comment tu t'appelles? je lui ai demandé subitement.

Tout à coup, il est devenu sérieux.

— Je ne sais pas, il a répondu en secouant sa petite tête rasée.

— Comment ça ?

Il s'est tourné vers moi pour me regarder, déconcerté.

— C'est que je ne m'en souviens pas.

— Mais tu dois bien avoir un prénom !

— Je ne sais pas.

Mais je comprenais qu'il y pensait, que le discours n'était pas clos.

Au bout d'un moment, il a tourné à nouveau la tête vers moi.

— Mes camarades d'école m'appellent Mastic, il m'a dit, tout de go.

— Et pourquoi ?

Il a secoué encore la tête.

— Je ne sais pas.

Puis, pendant un moment, je me suis contenté de le regarder tandis qu'il préparait à manger devant l'évier et la cuisinière, debout sur sa caissette, de dos.

Je me suis levé, parce que c'était presque prêt, et il était temps de mettre la table.

— La nappe est là ! il m'a dit en m'indiquant un tiroir. Je viens juste de la laver et de la repasser.

— Pourquoi, tu repasses aussi ?

— Bien sûr !

— Avec quoi ?

— J'ai trouvé un vieux fer.

J'ai pris la nappe dans le tiroir, et des

serviettes, toutes bien pliées et repassées. J'ai déployé la nappe, je l'ai étendue comme il faut sur la table, j'ai mis les serviettes devant nos deux places. J'ai pris les assiettes, les couverts, les verres, passant mes mains au-dessus de la tête de l'enfant, qui assaisonnait la salade dans un saladier en plastique, pour atteindre l'égouttoir.

— Goûte toi aussi si les pâtes sont cuites! il m'a dit tandis qu'il mordait dans un spaghetti tiré de la casserole avec une fourchette.

J'en ai pris un moi aussi. Je l'ai mâché.

— Oui, c'est cuit! je lui ai dit.

Il a éteint le feu, il a levé la casserole pleine au-dessus de sa tête, tenant la queue de ses deux mains. Il s'est tourné vers l'évier, où il y avait déjà la passoire.

Je me suis approché de lui. J'ai pris la passoire, je l'ai soulevée, j'y ai renversé, en tenant la casserole de l'autre main, le tas de spaghettis fumants, puis je les ai versés dans un autre plat qui se trouvait déjà sur la cuisinière.

L'enfant a mis dedans un bon morceau de beurre, coupé avec une fourchette dans une plaquette sortie du frigidaire. Il a commencé à râper du parmesan dessus, avec une petite râpe étroite, de celles dont on se sert habituellement pour la noix de muscade.

J'ai mélangé les pâtes, pour faire fondre le beurre et le parmesan. Puis j'ai posé le récipient au milieu de la table.

On s'est assis. On s'est servis avec une grande fourchette aux dents très longues et écartées, que l'enfant avait sortie du tiroir des couverts.

Il a mis des pâtes dans son assiette creuse, moi dans la mienne. Il en est resté un peu dans le plat.

— Finis ! il m'a dit. Pour moi c'est trop. Moi je suis petit.

On a commencé à enrouler nos spaghettis sur nos fourchettes.

Aucun de nous deux ne parlait. On entendait seulement, dans le silence, le léger bruit de la mastication. J'apercevais à peine la tête de l'enfant occupé à manger. Avec émotion, m'a-t-il semblé.

— C'est bon ! je lui ai dit finalement.

Il a baissé un peu la tête, il a rougi.

On entendait, de temps à autre, le bruit de l'eau qu'on se versait dans nos verres, d'une bouteille que l'enfant avait remplie d'eau du robinet et posée au milieu de la table avant de s'asseoir.

On est restés un moment comme ça, nos assiettes vides devant nous. Puis l'enfant les a mises dans l'évier. On s'est servi un peu de salade dans des assiettes plates. On a commencé à la manger.

Je regardais l'enfant qui mâchait sa salade et qui se remettait dans la bouche, avec ses doigts, les petits morceaux qui parfois lui échappaient des lèvres. Lui aussi me regardait, de temps en temps, sans tourner la tête.

On entendait le bruit du vieux frigidaire, de ceux avec une poignée, qui parfois s'arrêtait et repartait en sursaut, tremblant un peu, comme s'il avait un petit frisson.

— Comment tu es mort ? je lui ai demandé tout à coup, à voix basse, dans un souffle.

L'enfant a baissé la tête. Il a poussé un soupir.

— Je me suis tué, il a répondu, lui aussi à voix basse, dans un souffle.

— Pourquoi ? j'ai essayé de lui demander encore.

— On m'a fait du mal, il a seulement dit, plissant son petit front, sans lever la tête.

Je suis resté dans un silence absolu, pétrifié, pendant un moment.

— Oui, je sais, c'est un monde méchant, où il ne fait pas bon vivre..., j'ai entendu que ma voix lui disait.

La nuit est noire. Le ciel est encore plein de nuages noirs. On ne voit pas d'étoiles, on ne voit pas le ciel, tandis que je descends cette petite route en lacets qui passe près du cimetière. Même les lucioles ne sont plus là, leur courte saison est terminée. On distingue à peine les énormes silhouettes noires des arbres qui se gravent dans le ciel. On n'entend aucun bruit d'animaux nocturnes, de ces petits rapaces qui restent blottis dans le feuillage et poussent, qui sait pourquoi, leurs cris quand ils entendent le bruit de mes pas dans le noir. Sur un côté, derrière une petite barrière en fer qu'on a mise là, qui sait quand, il y a un précipice où passent des câbles électriques qui amènent la lumière dans les villages se trouvant en contrebas, et qui font ventre entre un pylône et l'autre, au-dessus d'une ligne déboisée.

Je marche, je marche, de ce mouvement d'os et de muscles qui continue de se produire dans le noir. Et de nerfs et de tendons et de tissus conjonctifs et de vertèbres et de matière cérébrale qui envoie les impulsions pour activer ce mouvement qui me paraît, à moi, involontaire, comme s'il venait d'autre part. Comme s'il fonctionnait tout seul, sans qu'il ait besoin de recevoir d'impulsions, alors que le cerveau se trouve ailleurs, inaccessible, seul, infiniment loin, et se limitait à enregistrer d'autres impulsions qu'il y a eu, qui sait pourquoi, qui sait quand, sur un tracé de mémoire séparée, désormais dépassée ou bien pas encore activée.

Je tourne à un autre virage qui sort d'une zone plus épaisse du bois. Tout à coup, apparaît devant mes yeux une petite colonie de lumignons qui palpitent dans la nuit.

Je m'approche davantage. J'arrive jusqu'au portillon fermé par un simple fil de fer entortillé qu'on peut facilement détordre. Je m'arrête devant, je regarde pendant un moment les lumignons au-dessus des niches, le petit espace qu'il y a au milieu, avec ces tas de terre sans pierres tombales, et sans noms.

J'ouvre la ligature de fil de fer. J'entre dans le petit cimetière. Je fais quelques pas entre les tas de terre qu'entourent les lumignons.

D'un coup, je me surprends à penser : « Est-ce que l'enfant est enterré là, lui aussi ? Est-ce que tous ceux qui sont enterrés ici se sont suicidés ? »

21

Un peu de soleil est apparu. Si je me mets à la petite fenêtre de la chambre où je dors, je vois au-dessous la forêt de châtaigniers qui perd ses feuilles, et cette longue pointe qui se dresse livide, pétrifiée, se hissant au-dessus des autres branches encore vivantes et au-dessus du manteau de feuilles qui se racornissent de plus en plus. À présent c'est elle qui est devant et le reste de l'arbre qui la suit. Dans d'autres coins de la forêt aussi, où au début du printemps se détachaient de plus en plus nettement ces branchages livides et sans écorce tandis que, tout autour, sur les autres branches, commençaient à apparaître les feuilles de ce vert tendre. Il y a des troncs entiers ou d'énormes souches de troncs abattus et débités, aux bords de certains chemins, racines arrachées et marmorisées, pareils à des blocs de pierre.

Quelque chose brille de façon insoutenable, quand la lumière du soleil la frappe sous un certain angle, à un endroit du chemin que l'on voit d'ici, si fort que ça fait mal aux yeux de la regarder. Je sais ce que c'est. C'est le sommier métallique d'un petit lit fixé au reste d'une clôture par deux charnières rudimentaires et utilisé comme porte d'entrée à un endroit où autrefois il devait y avoir un potager. On voit que son cadre d'acier n'a pas encore été attaqué par la rouille. À une certaine heure du jour, sous une certaine inclinaison du soleil, il renvoie des éclats lancinants de lumière, si forts qu'il faut détourner les yeux.

Je me surprends à songer : « Savoir qui a bien pu s'y coucher, sur ce sommier ? Quand ce hameau était encore habité, quand il était encore posé sur un châssis de métal ou de bois, et qu'il soutenait un matelas de laine de plus en plus tassé qu'on cardait peut-être de temps en temps, ou peut-être pas, parce que le cardeur, avec sa machine garnie de pointes opposées qui griffaient les bourrelets de laine tassée, ne montait pas jusqu'ici, il y avait trop peu de gens pour que ça vaille le déplacement… Quelque personne seule qui se couchait chaque nuit sur l'épaisseur de plus en plus réduite du matelas, durant les mois froids de l'hiver, à l'étage d'une de ces maisons qui sont désormais des ruines envahies par la végétation et où hibernent les chauves-souris, accrochées aux poutres, où autrefois ils mettaient le foin pour les bêtes qui étaient au rez-de-chaussée, dans l'étable, avec ces trois marches de pierre fendues où les vaches montaient en glissant sur leurs sabots, incitées par les cris de quelqu'un qui était derrière et leur frappait la croupe de la main et les poussait avec force pour les faire entrer. Des maisons qui n'étaient pas chauffées parce que la cheminée était en bas, et éteinte, il n'y restait à présent que quelques braises froides et noires. Ou bien quelque vieille restée seule. Ou, bien avant encore, quelque couple plus jeune. Et l'homme se couchait sur la femme, sur ce sommier-là, il entrait dans son corps à moitié endormi et engourdi par le froid, même pas lavé parce que la nuit l'eau gelait, le châle de laine sur la chemise de nuit soulevée à la hauteur des hanches, lui avec un pull de travail troué qu'il gardait même la nuit, de plus en plus rapidement dans le corps de la femme qui continuait à dormir, dont la respiration devenait parfois plus lourde, plus rauque, et on ne comprenait pas si c'était à cause du poids de l'homme sur son corps ou bien parce qu'elle ronflait, et alors le lit grinçait un peu plus fort. À la fin, tous les deux avec les couvertures tirées jusque sous le menton pour ne pas attraper froid. Et c'était comme ça toutes les nuits, toutes les nuits, tandis que quelque chose grandissait dans le noir à l'intérieur du ventre de cette femme à moitié endormie et engourdie, sur ces sommiers qui sont là désormais et servent de porte aux potagers abandonnés, quelque petit être désespéré avec sa petite queue remontait le canal vaginal pour être le premier à briser la membrane d'un des ovules qui pullulaient aveugles dans la matière aveugle de sa chair, pour donner vie à de nouveaux corps et à de nouveaux petits êtres dotés d'une queue et à de nouveaux ovules au milieu de tout ce désespoir végétal et de ce froid. Pour quelle raison ? Pourquoi ? Comme ces surgeons qu'il y a partout et qui s'élèvent le long des arbres presque à les étouffer, toujours plus haut, plus haut, qui arrivent presque avec leurs feuilles à la cime de l'arbre autour duquel ils ont poussé jusqu'à l'emprisonner. Il se passe la même chose avec les êtres de notre espèce. Toutes ces vies qui s'emprisonnent les unes dans les autres, cette création continue de colonies pour occuper des portions de plus en plus grandes de territoire en les soustrayant à d'autres. Pourquoi ? Pourquoi ? Pour perpétuer son propre ADN ? Alors que, de toute façon, après seulement quatre ou cinq générations, un battement de cils dans le temps, il ne reste plus rien du patrimoine chromosomique ni de l'ADN originel dans les nouveaux êtres qui ont pris vie, lesquels à leur tour, après quatre ou cinq générations, ne transmettront rien de leur ADN dans les nouveaux êtres à qui ils auront donné vie ! Je ne sais pas si c'est la même chose pour les arbres, les ronces, les féroces pariétaires qui envahissent tout, et qui semblent toujours pareilles à elles-mêmes, toujours les mêmes feuilles, les mêmes tiges à l'étrange couleur rougeâtre qui se cassent dès qu'on les arrache, et pendant ce temps le reste de la petite plante continue imperturbablement à bourgeonner, et plus loin toujours les mêmes colonnes de bois qui se dressent vers la lumière, mais les individus de notre espèce, eux, apparaissent différents les uns des autres, ou alors ils ont seulement une apparence différente, ou bien c'est comme ça qu'on imagine qu'ils sont tandis qu'on les regarde à travers le diaphragme déformant de l'atmosphère, derrière le voile dense et noir et ondoyant au vent, et qu'on essaie d'interpréter d'après les configurations de leurs visages ce qui se produit dans l'entonnoir sombre de leur vie, comme lorsque la nuit on voit frémir près du rivage cette écume soudaine des vagues de la mer noire… »

22

Aujourd'hui, j'ai surpris l'enfant en train de prier.

Je suis arrivé dans l'après-midi. J'ai garé la voiture à l'endroit habituel. J'ai enjambé les troncs abattus, et puis j'ai fait le tour du mur aveugle de la petite maison, jusqu'à la porte ouverte.

J'ai passé la tête. Mais il n'y avait personne.

— Tu es là ? j'ai demandé doucement, dans ce grand silence.

Aucune réponse.

Alors je suis entré. J'ai fait quelques pas dans la cuisine. Je suis allé voir dans le coin où se trouve la cheminée.

Personne.

Je me suis assis sur une chaise, je suis resté à attendre, au cas où l'enfant serait parti faire ses besoins dans la forêt et reviendrait.

Mais il ne revenait pas.

Il y avait un silence absolu.

Je suis resté là encore un moment. Je me suis levé pour partir. Mais, avant de sortir, l'idée m'est venue d'aller voir à l'étage.

J'ai pris l'escalier en bois, montant je ne sais pourquoi très lentement, avec circonspection, tâchant de ne pas faire de bruit.

Lorsque je suis arrivé en haut, que j'ai tourné à l'angle, et me suis penché dans la grande pièce, j'ai tout d'un coup vu l'enfant.

Il était agenouillé par terre, sur les lattes nues du plancher, près de son petit lit en fer, ses petites mains jointes.

Je me suis immobilisé de stupeur.

L'enfant était tellement absorbé qu'il n'avait pas encore perçu ma présence.

— Qu'est-ce que tu fais ? je lui ai demandé, à voix basse.

Ce n'est qu'alors qu'il s'est aperçu que j'étais là.

Il a levé brusquement la tête, m'a regardé avec stupeur, de ses yeux ronds.

— Je prie.

— Tu pries qui ?

— Personne.

— Alors pourquoi tu pries ?

— On m'a appris comme ça.

Un peu plus tard, tandis qu'on était déjà tous les deux dans la cuisine, et que l'enfant avait déjà posé ses cahiers sur la table pour faire ses devoirs, et qu'il les avait bien ouverts en passant et repassant sur le milieu sa petite main en appuyant fort, et que j'étais assis là à côté, juste avant de m'en aller, j'ai tout à coup eu envie de lui demander :

— Mais qu'est-ce qu'on vous apprend à l'école ? Quelles matières vous avez ?

— Je ne sais pas.

— Je peux voir ? je lui ai demandé, tendant un peu la main vers son cahier.

Il m'a laissé le prendre. J'ai tourné les pages. Elles étaient remplies de mots écrits en majuscule et de dessins faits avec des crayons de couleur. En bas, on voyait de sévères appréciations et des notes que le maître avait mises en rouge. Des notes très basses : trois, quatre, un, et même un zéro.

— J'en ai plein, il m'a dit.

Il s'est levé de sa chaise, il a couru prendre d'autres cahiers dans le buffet.

Il me les a apportés. Je me suis mis à les feuilleter, en commençant par ceux du bas de la pile.

J'ai ouvert le premier. J'ai écarquillé les yeux : c'était plein de lettres bâton mal tracées, pas droites, criblées partout d'énormes taches d'encre.

— Mais on vous fait encore écrire en lettres bâton ? je lui ai demandé, étonné.

— Non, plus maintenant ! il m'a répondu. Ça, c'est un vieux cahier.

Je le regardais. Lui aussi m'a regardé, dans ce silence absolu, dans cette maison au fond de la forêt.

Tout à coup, j'ai vu que son menton tremblotait, comme s'il était sur le point de pleurer, et que ses grands yeux ronds étaient recouverts d'un voile de larmes.

— Qu'est-ce qu'il y a ? je lui ai demandé en refermant le cahier.

— Je ne suis pas bon à l'école ! il m'a dit à nouveau, baissant les yeux. Je n'arrive à rien ! Le maître me met toujours des mauvaises notes ! Mes camarades se moquent de moi !

— Peut-être que tu ne vois pas bien ! j'ai essayé de lui dire pour le consoler. Peut-être que tu ne vois pas bien au tableau. Ça arrive parfois...

Il a secoué la tête, se retenant pour ne pas pleurer devant moi.

— Je sais pas ! Je sais pas ! Je vois pas au tableau ! Je vois rien !

— Tu veux que j'aille parler au maître ? je lui ai demandé.

À nouveau, il a ouvert grand les yeux.

— Oh, non, non ! il m'a répondu, terrorisé.

Je suis resté là encore un moment, tandis que l'enfant faisait ses devoirs. Je l'entendais soupirer, de temps à autre, dans ce profond silence. Il écrivait en tenant la pointe de sa langue entre les dents, le visage presque collé au cahier.

Quand je suis sorti de la maison, et que j'ai regagné ma voiture garée dans la forêt, au-delà de ces grands arbres coupés, une seconde avant d'entrer, j'ai vu que la portière du passager était enfoncée.

J'en suis resté bouche bée.

« Qu'est-ce que ça a bien pu être ? », je me suis demandé, abasourdi, ouvrant la portière et la refermant pour voir si elle fonctionnait encore.

La vitre était intacte, mais la partie la plus basse de la portière était pliée et enfoncée, comme si quelque chose d'énorme était rentré dedans avec violence.

« Qu'est-ce qui a bien pu se passer ? je pensais confusément. Dans cet endroit désert, où il n'y a personne. Ça doit être un animal, mais un gros, un sanglier… Il a dû taper en descendant du bois à toute vitesse, il a dû voir la voiture au dernier moment, ou bien peut-être qu'il ne l'a pas vue du tout. Il n'a pas dû réussir à dévier sa course, et il a dû rentrer dedans avec sa croupe lancée toute pleine de muscles et couverte de poils, avec sa grosse tête et son groin d'où sortent ses défenses, avant de parvenir à modifier la trajectoire de sa course, grognant à cause de l'énorme douleur dans l'obscurité dense de la forêt… »

23

La nuit dernière, immobile au coin de ce bâtiment, dans le village désert et plongé dans le sommeil, sur ce tronçon de route à peine éclairé par le lampadaire qui oscille en grinçant à chaque coup de vent, j'ai attendu que le portail s'ouvre dans la façade noire, et que les enfants morts sortent les uns après les autres de l'école.

« Ça devrait déjà être ouvert ! », je me disais, parce que le temps passait et que le portail ne s'ouvrait pas.

Juste le léger grincement du lampadaire dans le silence du village plongé dans le sommeil.

« Parfois ça arrive…, je me disais. Quand les enfants n'ont pas été sages, et que le maître les fait rester en classe dix minutes de plus, même si l'heure de la fin des cours est passée, même si les enfants trépignent de désir de se lever en vitesse de leurs bancs et de sortir… »

Finalement le portail s'est ouvert. Les enfants sont sortis, avec leur blouse noire et leur cartable.

Ils se sont séparés en silence, sans se saluer, chacun suivant son chemin.

Quand tout le monde a été parti, je suis sorti presque en courant de derrière le mur pour arriver au portail avant qu'il se referme.

J'ai traversé la petite rue en diagonale.

Le portail était encore ouvert, mais j'avais l'impression que ses battants bougeaient déjà.

À l'intérieur il faisait sombre, on ne voyait pas qui les poussait.

J'ai monté presque en courant les quelques marches, je suis entré, le cœur serré, dans le noir.

On ne voyait rien, il n'y avait que ce peu de lumière venant du lampadaire de la rue, qui allongeait son faible faisceau lumineux jusqu'au hall d'entrée, dévoilant la silhouette d'une vieille chaire placée face à l'entrée, le départ de deux volées d'escalier sur les côtés, aux rampes en fer.

— Je ferme. Que cherchez-vous ?

J'ai entendu une voix m'interpeler dans l'obscurité, mais sur un ton calme, bienveillant. Je me suis retourné. J'ai aperçu dans la pénombre la silhouette d'un petit homme, trapu, en blouse.

« Ça doit être le concierge… », j'ai pensé.

— Que cherchez-vous ? m'a redemandé la voix, mais avec douceur.

— Je voudrais parler avec le maître, j'ai dit en m'approchant de lui dans le noir.

— Quel maître ?

— Quelle étrange question ! Pourquoi, il y en a combien ?

— Il y en a deux : celui du matin et celui de l'école du soir.

— Celui de l'école du soir.

— Il est déjà parti.

— Mais j'étais juste devant ! Et à part les enfants, personne d'autre n'est sorti !

— Les maîtres sortent par la petite porte de derrière.

Je me suis approché encore plus du concierge. À présent que mes yeux s'étaient habitués un peu à l'obscurité, j'arrivais à mieux voir sa tête : elle était large, chauve, souriante, un vieux visage de paysan.

— De quoi vous vouliez parler avec le maître ? il m'a demandé encore.

— Je voulais lui parler d'un enfant mort.

— Lequel d'enfant mort ? il m'a demandé en souriant dans le noir. Les enfants de l'école du soir sont tous morts.

— Je ne connais pas son prénom. Lui non plus ne le sait pas. Il a dû l'oublier. Il m'a dit que ses camarades l'ont surnommé Mastic.

L'homme m'a regardé sous le nez, dans le noir, inclinant son visage large, plissant légèrement ses yeux presbytes pour mieux me voir.

— Ah, oui, oui ! Mastic ! il a souri.

Une seconde plus tard, il s'est remis à fermer les battants du portail.

— Il faut vraiment que je ferme maintenant, il a dit. Mais vous pouvez rester un peu, si vous voulez. Le maître n'est plus là, mais vous pouvez parler avec moi, même si je ne suis que le concierge.

Il a fermé la porte complètement. À présent l'obscurité était encore plus profonde. Entrait seulement un peu de lumière d'une petite demi-lune de verre qui était au-dessus de l'entrée.

« Je comprends qu'il dise qu'il ne voit rien, l'enfant ! », je me suis dit tout à coup, tandis que le concierge avait déjà complètement fermé le portail avec deux petits verrous qui entraient dans le sol, et puis avec un verrou plus grand, ainsi que la serrure, tournant la clé et comptant les tours, du bout des lèvres, pour n'en oublier aucun.

Il a mis la grande clé dans la poche de sa blouse.

— Venez avec moi ! il m'a dit à la fin en me prenant par le bras. Je vais vous montrer l'école.

— Mais on n'y voit rien ! je lui ai dit.

— On y voit, on y voit..., il a dit avec affabilité, alors qu'on montait déjà une volée d'escalier. Il suffit que l'œil s'habitue au noir... qui d'ailleurs n'est pas vraiment noir... Il y a toujours un peu de lumière qui vient du dehors, du lampadaire, et passe à travers les rideaux, par l'interstice qu'il y a au milieu, entre les deux parties qu'on ne peut jamais fermer totalement, même si on essaie de les joindre deux ou trois fois d'affilée, de plus en plus fort, pour essayer de les faire coïncider parfaitement…

Il haletait un peu, montant l'escalier appuyé à mon bras.

— Je ne devrais plus faire ce métier, il me disait en même temps. Mais je le fais depuis si longtemps que ça m'embête d'arrêter… Je suis entré ici quand je n'étais encore guère plus qu'un gamin. Parfois je jouais avec les enfants. Quand la cloche sonnait et qu'ils me voyaient passer dans le couloir, ils couraient vers moi, me tiraient de tous les côtés avec leurs petits bras…

On est arrivés à l'étage, on a pris un couloir sombre sur lequel s'ouvraient les portes des classes, il me semblait que je pouvais voir dans le peu de lumière qui filtrait entre les pans des rideaux pas tout à fait fermés.

Je le regardais, parfois, tandis qu'il continuait à marcher en me tenant par le bras.

Il s'est arrêté un instant, avant de se remettre à parler.

— Concierge par-ci ! Concierge par-là ! Ils appelaient des salles de classe, quand il fallait remplir les encriers, dans ces pupitres en bois qu'il y avait à l'époque, tous criblés de trous par les pointes des compas. Il manquait tout le temps de l'encre, et je devais courir avec ma bouteille en fer-blanc pleine, pour remplir les encriers. Ils restaient là et regardaient en serrant fort les lèvres pour ne pas rire, se poussant du coude, pendant que l'encre sortait du bec verseur et remplissait les encriers en verre qui se trouvaient sur le bord haut du pupitre. Ce n'est pas qu'il n'y en avait plus vraiment. C'étaient eux qui bourraient les encriers de bouts de buvard, pour les assécher plus vite, parce que ça les amusait de me voir arriver avec ma bouteille en fer-blanc pour les remplir. Ils trempaient leur plume dans cette bouillie d'encre et de buvard et il restait toujours des filaments sur les mots qu'ils écrivaient dans leurs cahiers, ils essayaient avec leurs doigts de les enlever de la pointe de la plume avant de se remettre à écrire, ils retiraient même la plume du porte-plume pour mieux les enlever, ils avaient toujours les doigts noircis d'encre. Ils s'échangeaient les plumes, en les sortant de leurs plumiers. Il y en avait en cuivre, en acier, dorées et elles avaient toutes sortes de formes : de tour, de lance, de bâtonnet… Chaque enfant avait ses préférences. On les appelait d'ailleurs vraiment comme ça : la tour, la lance, le bâtonnet… Ils allaient chez le papetier et lui disaient vous me donnez une lance, ou bien deux bâtonnets, deux tours... Et le papetier allait prendre la petite boîte correspondante. Concierge! Concierge! On n'a plus d'encre! Ils appelaient des salles de classe, avec leurs petites voix. Et moi je galopais... J'étais concierge de jour en ce temps-là, quand je suis rentré ici. Bon, bref, disons-le... quand j'étais vivant.

C'est moi qui me suis arrêté, cette fois. Mais sa main a serré mon bras plus fortement, plus affectueusement, tandis qu'il reprenait sa marche dans le couloir.

J'entendais un petit bruit sortir de sa bouche. Je me suis tourné vers lui. J'ai vu, de mes yeux qui s'étaient habitués encore plus à l'obscurité, qu'il passait et repassait sa langue sur l'arc supérieur de son dentier, par habitude ou parce que ça le gênait.

— Dites-le-moi, vous, si je pouvais m'arrêter..., il s'est remis à dire. Moi j'aime avoir des enfants autour de moi! Alors j'ai continué à faire le concierge...

On était arrivés à un coude du couloir, qui continuait avec plein d'autres portes derrière lesquelles on devinait des tableaux, des pupitres.

— Elle est où la classe de cet enfant? j'ai voulu demander à ce concierge mort, dans la nuit.

— Vous voulez dire Mastic? Je vais vous la faire voir... Regardez, c'était celle-ci! Mais les pupitres et le tableau ne sont plus les mêmes, naturellement…

Je me suis arrêté devant la porte.

— Pourquoi c'était ? Je parle de maintenant ! De cet enfant qui vient à l'école du soir !

Il n'a pas répondu. J'entendais le bruit de sa main, celle qui ne me tenait pas le bras, qui grattait sa grosse tête chauve, dans le noir.

— C'était un enfant particulier…, il a continué. Je ne saurais pas dire pourquoi, mais il était particulier. Il était renfermé, on ne savait jamais ce qu'il pensait. C'est un enfant ? C'est vraiment un enfant ? je me demandais. Pas parce qu'il ne se comportait pas comme un enfant, mais au contraire parce qu'il l'était plus que tous les autres. Il était tellement enfant qu'il ne semblait pas un enfant. Il restait à l'écart, j'avais l'impression que les autres enfants ne l'acceptaient pas, comme s'il était différent, qu'il était là mais qu'il était ailleurs, même s'il essayait de se faire des amis, de jouer avec les autres, quand ils l'acceptaient. Mais il n'était pas très bon pour jouer. On aurait dit qu'il ne jouait pas. Il en faisait trop. Il donnait l'impression de ne pas se prendre au jeu, et pourtant, en même temps, il se jetait à tel point dans le jeu qu'on aurait dit que pour lui ce n'était pas seulement un jeu mais une question de vie ou de mort. Il se fatiguait vite, son visage devenait rouge comme le feu, il transpirait plus que les autres. Quand il se lançait dans un jeu, il n'arrivait pas à s'arrêter, les autres le secouaient par les épaules pour lui faire comprendre que le jeu était fini, mais il ne comprenait pas, il ne l'acceptait pas. Ils s'en allaient et le laissaient tout seul. Vous savez... on apprend à bien les connaître, les enfants, à force d'en voir autant, de vivre au milieu d'eux...

On était arrivés aussi à la fin de ce bout de couloir. On est revenus en arrière.

— Il n'était pas bon en classe. Il avait de mauvaises notes. Parfois, le maître lui lançait ses cahiers à la figure, l'envoyait derrière le tableau...

— Oui, c'est vrai ! Il l'a mis au piquet !

— Je le voyais, en passant dans le couloir, devant les portes ouvertes..., poursuivait le concierge, absorbé à tel point par son récit qu'il donnait l'impression de ne pas m'avoir entendu. Parce que les tableaux étaient placés en biais, au fond des salles de classe. Quand il m'entendait passer, il relevait la tête qu'il tenait baissée, nos regards se croisaient, il me regardait de ses grands yeux ronds et pleins de larmes...

— Oui, oui..., je murmurais.

— Mais il y a une chose où il était imbattable... Pendant la récréation, ils faisaient parfois un jeu. D'ailleurs je ne sais pas si c'était vraiment un jeu. Bref, quand la cloche sonnait, ils couraient tous à cet endroit-là, regardez, là où le couloir s'élargit un peu avant les cabinets. Autrefois il y avait un grand établi de menuisier, de ceux avec une presse en bois. Je ne sais pas qui l'avait mis là, ce qu'il faisait là... Les enfants couraient y manger leur sandwich qu'ils ramenaient de la maison, ou la fougasse achetée à la boulangerie qui se trouvait à côté de l'école, avant d'entrer, la sortant de son papier graisseux. Certains mangeaient un fruit, ou bien ne mangeaient rien, parce qu'ils se préparaient au combat...

On s'était arrêtés, je crois, je regardais la grosse tête chauve du concierge, dans le noir.

— Le jeu consistait en ceci : un enfant montait à califourchon sur les épaules d'un autre enfant plus robuste, qui lui serrait bien les jambes avec ses bras, et, de là-haut, il se battait avec un autre, lui aussi sur sa monture. Les deux chevaux couraient l'un vers l'autre, se rentraient dedans. Les deux cavaliers essayaient de s'attraper avec les mains et de se désarçonner, de jeter l'autre à terre, tout seul ou avec son cheval. Toute l'astuce consistait à ne pas se faire accrocher, mais à être le premier à attraper l'autre cavalier par le bras, la tête, voire le culbuter à terre quand il y avait une bonne entente entre cavalier et cheval et que le cheval appuyait par en dessous l'impétuosité de son cavalier. Quand il montait sur les épaules d'un autre qui faisait le cheval et qu'il commençait le combat, l'enfant se transformait, il devenait invincible. Une fois, il a flanqué par terre un cavalier avec tant de force, il l'a attrapé par une oreille avec tant de force, qu'il lui en a arraché un bout. Ils ont dû lui faire des points de suture. Une autre fois, la seule où je l'ai vu tomber, il a fini la tête la première sur la presse de l'établi et il s'est cassé une dent…

— Oui, oui, c'est vrai, il a une dent cassée !

Mais il n'est pas tombé par terre, il est resté suspendu la tête en bas sur son cheval, qui tenait solidement ses jambes avec ses bras. Et puis il s'est redressé. Il s'est remis en selle. Il s'est lancé comme un fou furieux sur l'autre cavalier et il l'a flanqué à terre.

On s'était remis à marcher, m'a-t-il semblé, parce que je ne voyais plus devant moi cette grosse tête et ce visage large et bon. Il me tenait toujours par le bras, sa main me serrait de temps à autre et puis se relâchait, puis il me serrait fort à nouveau sous l'effet de l'émotion, à certains moments de son récit.

— Pourquoi ils l'appelaient Mastic ? j'ai voulu dire.

Le concierge a souri dans le noir, m'a-t-il semblé.

— Parce qu'il mangeait le mastic ! il a répondu. À cette époque les vitres des fenêtres étaient fixées sur le châssis avec du mastic. Quand on devait changer un carreau cassé, ou bien quand il y avait un peu trop de jeu parce que le mastic avait séché et qu'il s'était effrité, le vitrier venait et il en remettait du neuf. Il sortait une boule de mastic de son sac en cuir, il en détachait des morceaux plus petits et les étalait bien sur le châssis avec une spatule, pour que la vitre ne bouge plus. Mais le mastic disparaissait rapidement. Il fallait faire venir sans cesse le vitrier pour en mettre du nouveau, sinon la vitre avait du jeu et il y avait toujours le risque qu'elle se casse quand on ouvrait et fermait les fenêtres. Il n'avait pas le temps de sécher. Quand il était encore frais, on voyait toujours de petites empreintes digitales sur sa surface lissée à la spatule, parce que les enfants s'amusaient à en détacher des bouts pour s'en faire des boulettes ou d'autres choses. Lui, par contre, non. Lui, il le décollait et le mangeait. C'est pour ça qu'on l'appelait Mastic !

Il a ri un peu. J'entrevoyais à peine, dans l'obscurité, l'arc supérieur de son dentier légèrement décroché de ses gencives.

— Quelqu'un venait le chercher, à la sortie ? je lui ai demandé subitement.

Il est resté un instant en silence, pensif.

— Parfois un animal venait le chercher.

— Un animal ? Quel animal ?

— On aurait dit un chien, mais je ne sais pas si c'était un chien… Il restait à l'attendre assis devant le portail, de l'autre côté de la rue. Je le voyais quand j'ouvrais le portail, les oreilles dressées, le regard attentif. Il tournait sans cesse le museau de gauche à droite pour le reconnaître au milieu des autres enfants qui commençaient à sortir. Ils partaient ensemble, cette espèce de chien et lui, marchant l'un près de l'autre, en silence.

— Mais personne d'autre ne venait jamais le chercher ? Juste un animal ? je lui ai demandé encore, d'une voix trop haut perchée, m'a-t-il semblé.

Il est resté quelques instants silencieux.

— Quelquefois une personne venait le chercher…

— Ah, oui ? Une personne ? Et c'était qui ?

Je n'ai pas compris s'il m'a répondu, je n'ai pas entendu. J'ai eu l'impression qu'il s'était tourné vers moi et qu'il m'avait regardé, les yeux écarquillés, se prenant la tête à deux mains, dans le noir.

On descendait l'escalier, probablement, car le sol me manquait parfois sous les pieds, entre une marche et l'autre.

On est arrivés à la petite porte qui donnait sur l'arrière. Le concierge l'a ouverte. J'ai entendu qu'il me saluait, de sa bonne voix, dans l'obscurité la plus profonde. Avant de sortir, il m'a semblé qu'il m'a fait une caresse sur la nuque, par-derrière, de sa grosse main, dans le noir.

Tandis que je rentrais chez moi en voiture, en pleine nuit, dans un des virages, un gros insecte est venu s'écraser sur le pare-brise. J'ai vu s'abattre sa trajectoire sinueuse, éblouie par la lumière des phares, un instant avant qu'il ne s'écrabouille sur le devant de la voiture qui fonçait dans la nuit. Puis la traînée de ses entrailles qui coulaient, jaune, sur le verre.

24

« Comment savoir si au-dessus du ciel il y a un autre ciel ? je suis en train de me demander, assis devant le précipice. Du moins celui qu'on voit d'ici, de cette gorge, au-dessus de cet agglomérat de maisons et de ruines abandonnées. Comment savoir si la lumière n'est pas elle aussi à l'intérieur d'une autre lumière ? Et quelle lumière ça peut bien être, si c'est une lumière qu'on ne peut pas voir ? Si on ne peut même pas voir la lumière, qu'est-ce qu'on peut voir d'autre ? Comment savoir si la matière dont se compose l'univers, tout du moins le peu qu'on réussit à percevoir dans l'océan de la matière et de l'énergie noire, n'est pas à l'intérieur d'une autre matière infiniment plus grande, et si la matière et l'énergie noire ne sont pas à leur tour à l'intérieur d'une obscurité infiniment plus grande ? Comment savoir si la courbure de l'espace et du temps, si courbure il y a, si espace il y a, si temps il y a, ne sont pas eux aussi à l'intérieur d'une courbure plus grande, un espace plus grand, un temps plus grand, qui vient avant, qui n'est pas encore venu ? Comment savoir pourquoi ça s'est arrangé comme ça, dans ce monde? Est-ce que c'est comme ça partout, s'il y a un partout, dans ce déchaînement de petites lumières qui percent le noir dans cette nuit froide et dans l'obscurité la plus profonde? Est-ce qu'il y a des gens qui nous voient, d'une de ces planètes qui gravitent autour de ces masses de gaz incendié qui de loin nous paraissent des étoiles blanches, comme le pense cet homme que je suis allé trouver dans son étable, au milieu de ces bêtes qui ont voyagé, ébahies, dans l'hyperespace? Qu'est-ce que ça doit être la vie pour eux? Pourquoi donc aller se balader dans l'univers dans cet œuf de lumière sans coquille? Est-ce que leur vie est aussi malheureuse que la nôtre? N'y a-t-il, pour eux aussi, que la douleur et le mal qui distraient, au moins pour quelques instants, du malheur? Est-ce qu'ils ont eux aussi ce rêve bref et cruel qu'on appelle amour? Est-ce que celui-ci aussi est à l'intérieur de quelque chose qui se trouve ailleurs? Est-ce qu'il existe quelqu'un d'autre au milieu de tous ces globes de gaz qui brûlent dans l'obscurité la plus profonde et de ces conglomérats qui se refroidissent et se calcifient, avec leurs surfaces minérales couvertes de blessures et d'impacts, au milieu de toutes ces masses mortes expérimentales qui peuplent ce vertige qu'on a appelé espace?

Alpha du Centaure, l'étoile la plus proche de notre soleil, se trouve à une distance de quatre années-lumière. Le Grand Nuage de Magellan, la galaxie la plus proche de notre galaxie, se trouve à cent soixante-cinq mille années-lumière de notre système solaire. Et moi, là, assis sur cette chaise en fer qui s'enfonce de plus en plus dans le sol, dans cet endroit hors du monde, à la même distance de tout et de l'espace et du temps et de ma vie et de ma mort… »

Parfois je pense qu'il n'y a plus de vivants dans le reste du monde. Mais il y en a. Parce que, aujourd'hui après midi, quand il faisait encore jour, levant tout à coup les yeux, j'ai vu que le bleu limpide était traversé de bout en bout par une bande blanche parfaitement droite qui s'étendait dans le ciel, que traçait un avion si loin qu'on ne l'entendait même pas vrombir dans la vastitude de l'espace.

25

Le monde change devant mes yeux. La terre est encore plus froide. Les feuilles se racornissent, tombent. Il en reste quelques-unes, çà et là, qui pendent au moignon d'une branche. Les arbres sont toujours plus nus. On ne distingue plus les morts des vivants.

Je marche sur un tapis de feuilles cramées qui crépitent sous mes pas. Elles recouvrent entièrement les sentiers, je perçois le craquement de leurs nervures et de leurs tissus inanimés qui se brisent sous le poids de mon corps vertical qui pèse sur la terre. On n'entend presque plus de bruits, dans la forêt. Les animaux sont déjà entrés, ou se préparent à entrer, en hibernation. Ils creusent leurs petits trous dans la terre froide qui, la nuit, commence à geler et qui est déjà recouverte des premières légères chutes de neige, laissant ce voile blanc qui fond au premier soleil du jour. Ils creusent tête en bas, avec leurs ongles, avec leurs dents, pour arriver plus profond sous la terre, là où est restée un peu de chaleur.

Ce matin, dans une ruine, j'ai surpris un groupe de chauves-souris qui hibernait. Je marchais dans les ruelles désertes, entre ces murs recouverts de plantes grimpantes et cette végétation sèche et ces arbres poussés au milieu des pierres, entre ces escaliers disjoints qui montent jusqu'aux portes des maisons inhabitées. Je suis passé devant une ruine où je n'étais jamais entré. C'est étrange, cet endroit est si petit et pourtant je ne le connais pas encore complètement ! J'ai poussé du pied la porte à présent sortie de ses gonds. Elle s'est ouverte. Je suis entré. Il faisait sombre à l'intérieur, parce qu'il n'y avait même pas une fenêtre. Seulement des murs en pierre et un plafond en planches, là, en haut. Tout à coup, j'ai vu en face de moi un grand nombre de chauves-souris, tête en bas, qui me fixaient de leurs yeux grands ouverts. Il y avait donc un peu de lumière, celle qui entrait par la porte que je venais d'ouvrir, même s'il semblait faire nuit. À moins qu'elle ne soit directement sortie des cercles de leurs yeux terrorisés, réveillés pendant leur hibernation. Ça a duré une fraction de seconde. Les enveloppes de tous ces corps qui, jusqu'à une seconde auparavant, étaient tête en bas, enveloppés dans les membranes de leurs noires ailes de peau, accrochés par leurs pattes aux vieilles poutres et aux saillies des murs, se sont mises subitement à voler, terrorisées, à la recherche d'une issue. Je me suis jeté contre le mur. Leurs corps noirs affolés cognaient contre les parois et le plafond. Puis elles ont trouvé le passage de la petite porte par où j'étais entré et, me heurtant de tous côtés, elles ont volé dehors dans un tourbillon d'yeux et d'ailes nues.

Avant d'aller dormir, j'ai regardé un long moment la petite lumière. Depuis quelque temps elle brille encore plus intensément, me semble-t-il, parce que l'air est plus froid, le ciel plus limpide.

J'ai changé les draps du lit et la taie de l'oreiller. J'ai mis la grosse couverture. J'ai bien replié le drap de dessus. J'ai ouvert le lit d'un côté, avant même de me déshabiller et de mettre mon pyjama le plus épais, sorti de la table de chevet en bois qui craque un peu à cause du changement de température, pour trouver tout prêt avant de me retourner et d'y entrer, comme si ce n'était pas moi qui avais fait ce geste, comme si quelqu'un d'autre qui n'existe pas avait accompli pour moi ce geste secret de bienvenue.

À présent il fait nuit. J'ai les yeux ouverts dans le noir, je crois. Mais je ne saurais dire si je suis éveillé ou endormi. Peu avant, il y a eu des secousses de tremblement de terre. Mais faibles. Des vibrations légères qui montaient des profondeurs. Mais si légères, si légères, que je ne saurais dire si elles m'ont réveillé ou si au contraire elles m'ont endormi.

Il m'a même semblé avoir un peu souri, reconnaissant leur chère voix dans le noir.

26

Aujourd'hui l'enfant m'a invité à nouveau à manger avec lui.

Je suis parti de bonne heure, mais je suis arrivé là-bas tard, parce qu'il s'est remis à neiger et la route qui mène sur l'autre crête était couverte d'un voile blanc et il fallait rouler doucement, avec précaution, de façon que les roues ne glissent pas dans les descentes et dans les ornières, d'autant plus sur ce chemin qui passe au milieu de la forêt et sur ce petit pont de bois que la fine couche de neige a rendu glissant.

Quand je suis arrivé, l'enfant était sur le pas de la porte et regardait dehors, comme s'il m'attendait.

Avant d'entrer, j'ai enlevé la capuche de ma parka, j'ai chassé la neige de mes épaules, de la main, pour ne pas en apporter chez lui.

Il a couru à l'intérieur, tout content, c'est du moins ce qu'il m'a semblé.

Il est allé vers l'égouttoir, est monté sur sa caissette, a pris une casserole.

— Tu veux rester manger avec moi ? il m'a demandé, quand je suis entré, et après avoir enlevé et secoué un peu ma parka, à côté de la porte.

— Oui, mais cette fois, c'est moi qui fais la cuisine !

Il ne s'y est pas opposé.

— D'accord ! il a dit, tranquillement.

Il m'a laissé la place près de la cuisinière. Il est allé s'asseoir sur une marche de l'escalier en bois.

Je l'ai regardé.

— Tu as les genoux rouges. Tu es sûr que tu n'as pas froid avec ces culottes courtes ?

— Non, non, il m'a répondu. J'ai l'habitude.

J'ai posé le sac des courses sur la paillasse de l'évier.

L'enfant, toujours assis sur la première marche de l'escalier, me regardait, sans parler, de ses yeux ronds, tandis que je sortais du sac ce que j'avais acheté au village.

Moi aussi je le regardais, parfois, en tournant la tête, debout devant la cuisinière.

Je remuais le riz avec une cuillère pour qu'il n'accroche pas à la casserole, avant d'ajouter l'eau et la sauce que j'avais achetée.

L'enfant restait toujours silencieux et me regardait, assis sur sa marche.

— Tu aimes les œufs ? je lui ai demandé.

— Oui, beaucoup ! il a répondu

J'en ai cassé quatre, deux pour moi et deux pour lui, sur le bord de la poêle où le beurre fondait déjà.

L'enfant s'est levé. Il a pris une nappe lavée et repassée. Il a commencé à mettre la table, montant sur sa caissette pour prendre les assiettes et les couverts.

J'ai éteint sous le riz, et je l'ai fait tomber tout fumant dans un récipient. J'ai râpé du parmesan dessus avant de le mélanger avec une cuillère. Il fumait encore, quand je l'ai servi dans les assiettes. L'enfant le regardait avec des yeux écarquillés, faisant mine de se lécher les lèvres.

On a commencé à manger, d'abord le riz, puis les œufs. L'enfant les coupait au milieu avec sa fourchette, pour voir le jaune couler dans son assiette. J'ai tiré les oranges du sac, à la fin, pour lui faire une surprise.

— J'adore les oranges ! s'est exclamé l'enfant quand il les a vues.

Je le regardais pendant qu'il les épluchait, de ses petits doigts et s'aidant de ses ongles.

— Qu'est-ce que tu t'es fait aux mains ? je lui ai demandé, parce que j'avais l'impression qu'elles étaient abîmées.

Ses petits ongles étaient ébréchés, ses paumes étaient pleines d'ampoules et de petites coupures, les bouts de ses doigts écorchés.

— Je fais un travail, il a répondu.

— Quel genre de travail ?

Il a baissé la tête. Il a souri, c'est du moins ce qu'il m'a semblé, mais peut-être qu'il a seulement étiré ses lèvres vers l'arrière.

— Je retape la petite maison qu'il y a là devant…, il a répondu au bout d'un moment.

Il y avait une bonne odeur d'oranges dans la cuisine.

— Je dégage les gravats, les pierres, il a continué à dire. Je lave les lattes du plancher…

— Et pourquoi tu fais ça ? je lui ai demandé, retenant ma respiration.

Il a rougi un peu, il ne m'a pas répondu.

Les vitres de la porte-fenêtre s'étaient couvertes d'un épais voile de gouttes d'eau, à cause de la différence de température entre l'intérieur et l'extérieur.

Aucun de nous deux ne parlait.

— Je vais allumer la cheminée ! il s'est écrié d'un coup, sautant de sa chaise.

Je me suis levé moi aussi. J'ai commencé à débarrasser. J'ai plié les serviettes et la nappe et les ai rangées dans le tiroir. J'ai jeté les déchets dans le sac qu'il y a sous l'évier. Je me suis mis à laver les quelques assiettes, les deux casseroles et les couverts.

Pendant ce temps, l'enfant enlevait avec une petite pelle la cendre et les braises éteintes dans la cheminée, il prenait les petites branches des fagots et les disposait en pyramide, il glissait dessous deux ou trois sacs en papier roulés en boule.

Après avoir fini la vaisselle, je l'ai rejoint. Il mettait deux bûches un peu plus grosses en haut de la pile.

Avant d'enflammer le papier avec une allumette, il a couru prendre les deux chaises qui étaient près de la table, l'une après l'autre, les soulevant de toute la force de ses petits bras. Il les a mises devant la cheminée.

Il m'a fait asseoir sur l'une des deux. Puis il a allumé le feu.

La flamme s'est levée d'un coup des sacs en papier roulés en boule sous le petit bois qui commençait à crépiter. Et puis plus haut encore, jusqu'à lécher les deux bûches couvertes de fibres arrachées et d'ételles, accompagnée d'un peu de fumée qui disparaissait dans la hotte.

Il s'est assis lui aussi, sur l'autre chaise.

— On regarde le feu ! il m'a dit.

On est restés assis devant la cheminée je ne sais combien de temps, l'un à côté de l'autre, parce que le feu peut se regarder des heures durant sans jamais se lasser. Il n'est jamais immobile. Les petites branches crépitent, se cassent, on voit l'espace d'un instant leur petit squelette incandescent tandis que la flamme s'élève, commence à mordre les zones internes des morceaux de bois plus gros, avec ce bruit qui semble un soupir, elle change sans cesse de couleur, devient bleue, verte même, elle se ressoude en un tortillon plus grand aux autres petites flammes qui se lèvent, çà et là, de la pile, partant de dessous, sifflant, et lançant d'un coup ces nuées d'étincelles projetées loin comme par une explosion.

On rejetait la tête en arrière, parfois, pour que les étincelles ne nous arrivent pas sur le visage. Désormais le feu faisait un grand bruit. Il avait déjà enveloppé toute la pile de bois, on aurait dit qu'il voulait l'extirper. Les flammes s'enfuyaient au long du conduit. Pendant ce temps, à l'extérieur, tout en haut, il y avait une cheminée qui fumait, solitaire, au plus haut de la crête déserte, au milieu de la forêt.

On se levait sans rien dire, quand une bûche tombait sur sa base et étouffait la flamme, on la prenait entre deux doigts à l'endroit où le bois n'avait pas encore été attaqué, ou bien avec la pince, pour refaire la pile et recréer des vides où le feu pouvait trouver de l'oxygène et s'alimenter à nouveau. On ajoutait d'autres bûches au fur et à mesure que les premières se consumaient et que les flammes avaient besoin d'un nouvel aliment. L'enfant d'une façon, moi d'une autre, parce que chacun a une manière différente de dialoguer avec le feu. Et puis on retournait s'asseoir sur nos chaises et on regardait en silence ce petit incendie.

Il y avait une tiédeur douce. Les vitres ruisselaient à cause de la condensation. J'apercevais à côté de moi la tête légèrement avancée de l'enfant, son visage illuminé par la lueur de la cheminée, tout absorbé à regarder fixement de ses grands yeux la flamme.

On est restés encore un long moment l'un à côté de l'autre, sans parler, tandis que la tiédeur grandissait de plus en plus dans cette petite pièce. Le temps passait. Il commençait à faire nuit. J'avais même l'impression, parfois, de m'endormir quelques instants devant le feu qui continuait à brûler de nouveaux morceaux du bois et du monde, sur les tisons qui palpitaient dans la pénombre.

— Pourquoi tu retapes cette petite maison ? je me suis rappelé de lui demander encore une fois, tout à coup, me réveillant d'un bref assoupissement pendant lequel je continuais à tout voir.

Il est resté silencieux à regarder le feu.

— C'est pour qui cette maison que tu remets en état ? je lui ai demandé encore, avec un frisson.

— Pour toi, il m'a répondu.

27

L'hiver est bien là. Tout est blanc de neige, à perte de vue. Les montagnes, les crêtes, les sentiers, les haies de ronces, les ruines aux toits en ardoise écroulés, les grands arbres immobiles d'où tombe une poudre blanche, quand je passe dessous en marchant avec mes bottes en caoutchouc. Le ciel aussi est blanc. On n'entend plus de cris d'animaux, ni sur terre ni dans le ciel. Le silence absolu.

Ce matin, je ne sais pourquoi, j'ai mis les chaînes à la voiture et je me suis rendu au village de cet homme qui vit avec ses bêtes, alors que la neige était encore fraîche, avant qu'elle ne gèle et ne fasse déraper les roues.

La neige crissait, elle faisait un bruit de catastrophe moelleuse, tandis que des myriades de cristaux, tous différents les uns des autres, étaient anéantis dans leurs structures et s'agglutinaient sous la pression des pneus de la voiture.

Je suis arrivé jusqu'à ce village, roulant lentement, dans les lacets blancs, vitres baissées, dans un silence absolu, dans un monde blanc. La neige fraîchement tombée et pas encore tassée collait sous les roues. Devant moi, je voyais seulement des étendues blanches, on devinait difficilement les limites où finissaient les routes et où commençait le reste du monde.

Il n'y avait personne sur la petite place à côté de l'église. Toutes les maisons étaient fermées, seules quelques cheminées fumaient çà et là.

J'ai garé la voiture. J'ai rejoint l'endroit à pied. Mais il n'y avait personne là non plus. La montagne de fumier était complètement blanche. J'ai descendu le petit talus, avec mes bottes en caoutchouc aux pieds, essayant de ne pas glisser. Je suis entré dans l'étable : elle était vide. Les bêtes n'étaient pas là, il n'y avait pas l'écran sur la grande table, il n'y avait même pas la table. Il n'y avait ni les chèvres, ni le chien, ni le bouc. Plus rien.

« Il est peut-être allé passer l'hiver quelque part ailleurs, je me suis dit. Ou parti à la recherche d'autres zones de pâturage. Ou bien peut-être qu'ils sont tous montés à bord d'un de ces astronefs en forme d'œuf. Ils doivent être en route pour qui sait où… »

Le petit cimetière aussi est tout blanc. Je viens d'y descendre, marchant lentement au long de la petite route. On voit à peine la lumière des lumignons qui filtre à travers des capuchons de neige.

Il a cessé pendant un moment de neiger, puis ça a recommencé. À présent, je suis assis sur ma chaise en fer. Je regarde cette petite lumière sur l'autre crête. On la voit à peine elle aussi. Elle filtre d'un endroit estompé du bois, dans l'espace traversé par un tourbillon de neige.

« Et puis un jour une autre petite lumière s'allumera juste à côté… », je me surprends à penser. « Il y aura alors deux petites lumières et non plus une seule. Et je les regarderai d'ici et je me dirai : voilà, cette terrible solitude est terminée. L'expiation est terminée ! »

28

Ce matin, j'ai trouvé un papillon mort, entre la moustiquaire et la fenêtre, où de toute évidence il est resté piégé sans que je m'en aperçoive.

Je ne sais pas si c'était vraiment un papillon, on aurait dit une de ces bestioles ailées qui, parfois, volent dans les maisons, sorties d'on ne sait où, comme les mites qui se forment de façon invisible dans les tiroirs, à partir de ces petites larves déposées dans la laine qui grandissent en incorporant ses fils et qui, à un certain moment, sortent de l'obscurité et commencent leur nouvelle vie ailée. Ou un de ces petits animaux, invisibles, fastidieux, qui parfois vous foncent sur la tête, dans le noir, pendant que vous dormez, mais qui au cours de leur brève vie passent à travers d'inimaginables métamorphoses.

Voilà, c'était comme un de ces papillons. Mais beaucoup, beaucoup plus grand.

J'ai ouvert la fenêtre. Je l'ai pris par une petite aile morte et je suis allé le jeter dans les toilettes.

J'ai tiré la chasse d'eau, mais il n'a pas été avalé. J'ai attendu que la cuvette se remplisse et j'ai une nouvelle fois tiré l'eau. Mais de toute évidence il était trop léger. Il continuait à voleter là-dedans, au fond de la cuvette, dans le petit tourbillon de la chasse.

Ça a duré une journée entière. De temps à autre, je revenais voir si le papillon y était encore, s'il s'était enfin dissous. Mais il était toujours là, au ras de l'eau, très léger mais indestructible, pas même un morceau de ses ailes qui semblaient si fragiles ne s'était détaché. J'urinais dans le water, le frappant de mon jet, d'en haut. Mais il ne se démembrait pas. Je tirais une nouvelle fois la chasse, le papillon se remettait à tourbillonner là au fond. Quand l'eau arrêtait de s'écouler dans le petit espace de l'évacuation, le papillon était encore là, il flottait au ras de l'eau avec ses ailes ouvertes, mortes : indestructible, intact.

Dehors, il continue à neiger. Il y a un silence impressionnant. Tout est blanc. On ne voit presque plus rien de ce qu'il reste de ce hameau et des ruines. Les routes sont coupées. On ne peut pas sortir parce qu'on ne distingue plus où s'arrêtent les chemins et où commencent les précipices. Sur le toit de ma petite maison aussi pèse une lourde couche de neige, qui dissimule presque jusqu'aux murs, parce que les flocons arrivent en tourbillonnant, en biais, et se collent aux pierres, recouvrent complètement même les plantes grimpantes, les arbustes desséchés et les véritables petits arbres qui s'échappent des murs, jaillissant des interstices où ils se sont enracinés dans un reste de chaux émiettée, voire là où il n'y a rien. On ne comprend pas si c'est le monde végétal qui pénètre dans la maison ou si, au contraire, c'est la maison qui se projette vers l'extérieur.

Même la crête qui est en face est blanche de neige. J'ai regardé longuement, quand la nuit est tombée, pour voir s'il était possible de distinguer encore la petite lumière. Mais on ne voyait rien, on ne voit rien, seulement la légère lueur de la neige éclairée par la voûte céleste qui recouvre tout dans l'obscurité la plus profonde.

Avant d'aller dormir, je suis allé regarder une dernière fois dans les toilettes. Le papillon était toujours là. J'ai à nouveau tiré la chasse. Il a tourbillonné un peu, dans le remous. Puis il a refait surface, les ailes complètement écartées, immobilisées dans leur extension maximale.

Je me suis penché, j'ai plongé une main dans l'eau et je l'ai pris. De l'autre main, j'ai détaché quelques feuilles de papier hygiénique et je les ai entourées deux ou trois fois autour du petit corps raidi du papillon, pour lui donner du poids.

J'ai tiré l'eau une dernière fois.

Ce n'est qu'alors, enveloppé dans son suaire, que le papillon a finalement disparu.

29

On n'entend rien. On ne voit rien. Les montagnes, le ciel, les bois, les précipices, les sentiers, les ruelles empierrées, les ruines et les quelques maisons inhabitées, le câble qui traverse le hameau et qui continue à apporter la lumière dans ma maison, qui sait pourquoi, qui sait d'où, la balustrade, la chaise en fer aux pieds enfoncés face à l'à-pic blanc, les masses végétales qui jaillissent des murs, toutes ployées sous le poids de la neige… Des murs des autres maisons aussi et des ruines s'échappent des formes végétales, de véritables arbres et des haies horizontales qui plongent leurs racines entre les pierres, suçant dans leur cœur dur leur nourriture, tandis que les arbres poussent vers l'extérieur suspendus au-dessus du vide, avançant leurs tissus et leurs fibres et leur sève directement dans l'espace. Il y a des ruines qui en sont totalement recouvertes, on ne comprend pas si ce sont des maisons ou des forêts inclinées qui s'avancent sur le vide. Les plantes grimpantes les ont complètement noyées sous leur épaisseur, d'où s'élèvent de petits troncs courbés qui essaient de s'échapper et de se libérer de leur terrible étreinte.

Quand l'hiver prend fin, ces vieux murs et ces pierres se couvrent de cruelles feuilles nouvelles et de fleurs. Des nuages d'insectes qui viennent juste de naître volent tout autour, se jettent dans leurs plaies profondes, entrent tête la première dans les blessures des figuiers poussés sur les murs en se tordant vers le haut pour arriver à la lumière, des pommiers et des pêchers sauvages dont les petits fruits sont tavelés et meurtris. Et puis les fruits se déshydratent, racornissent, tombent, restent un moment accrochés aux branches de plus en plus nues. Les feuilles aussi tombent, recouvrent les toits effondrés, les racines pressent sous les ardoises gelées, pour soutirer un peu de sève à ce monde minéral suspendu dans l'espace.

Tous continuent à mourir et à renaître et à mourir à nouveau, toute chose dans le même cercle de la douleur créée. Leurs cellules végétales continuent à lutter désespérément et à se reproduire et à se dupliquer en silence, et c'est ce qu'elles continueront de faire une fois que les hommes ne seront plus là, qu'ils auront disparu de la face de cette petite planète perdue dans les galaxies, il ne restera plus que ce tourment de cellules qui luttent et se reproduisent, tant qu'arrivera encore un peu de lumière de notre petite étoile. Tous continueront à casser et à disjoindre encore plus les murs entre les pierres desquels leurs petites racines se sont accrochées, sur le sol, sur les plafonds, ils jailliront en passant à travers les ouvertures des fenêtres enfoncées, ils briseront les rares vitres encore intactes de leur douce et irrésistible pression végétale, envoyant en éclaireurs leurs tendres pédoncules qui oscillent dans l'espace en quête d'amarrage, ils disjoindront et effondreront les toits, envahiront les chemins, les ruelles, les routes, projetant leurs minuscules pointes qui se montrent pour la première fois à l'espace. Ils écartèleront les structures intimes de la matière qu'ils rencontreront sur leur route, ils s'insinueront avec leur vide atomique dans leur vide atomique, ils feront tourbillonner l'espace vide avec ces résidus de particules dotées de charge électrique qui flottent dans l'espace vide. Ils rongeront les maisons, les routes, les autoroutes qu'il y a loin d'ici, quelque part dans le monde, les grandes villes désertes pleines de gratte-ciel et de tours, ils enfonceront les vitres des fenêtres, les rideaux de fer des garages, ils feront exploser dans le silence les tuyauteries, les bouches d'égout, sous leur tourment végétal et leur pression muette, les carrosseries des voitures, les pompes à essence, les centres commerciaux tout en verre aux abords des métropoles. Ils lanceront leurs colonnes végétales sur les gratte-ciel, dont ils dépasseront les toits avec leurs ultimes et tendres crochets moelleux, ils tâtonneront à la recherche de nouvelles structures et de nouveaux points de débarquement dans l'espace. De nouvelles villes remodelées et de nouvelles visions végétales urbaines phagocytées se pencheront sur les masses liquides horizontales des mers, des océans, lançant encore plus avant leurs crochets pour s'unir aux forêts dormant sous leurs eaux muettes dans l'obscurité la plus profonde, pour les sortir de leur sommeil et recouvrir le monde.

J'ai passé toute la journée en préparatifs. Mais, avant, j'ai rangé la maison. J'ai lavé par terre, refait mon lit, jeté les cendres de la cheminée. J'ai fait la vaisselle, nettoyé le dessus de la cuisinière, l'intérieur du four, les poignées des portes, les vitres des quelques fenêtres. Je me suis lavé moi aussi, j'ai pris du linge propre.

Avant de remonter, j'ai tapé longtemps les couvercles, pour tenir les bêtes à l'écart.

Désormais il fait noir. Mais le ciel est encore blanc, à cause de la neige qui continue à tourbillonner au-dessus du sol. Je l'ai regardée tout à l'heure par la petite fenêtre de ma chambre. Tout est noir et blanc.

À côté de moi, j'ai ce qu'il me faut. Je ne mettrai pas le réveil, cette nuit.

Il est difficile de dire ce que je suis en train de faire…

Tout est prêt.

Voilà, il fait nuit maintenant. Il fait nuit.

30

Qu'est-ce qui se passe ?

Des coups résonnent.

Mais loin, loin.

Je les écoute un long moment, de là où je suis.

Mais où je suis ? Pourquoi je n'arrive pas à me réveiller ?

Du temps a passé.

Il y a toujours ces coups qui résonnent. Quelqu'un frappe à la porte de chez moi. Mais de loin, de très loin.

Qui c'est qui frappe aussi fort à la porte de chez moi ?

J'ai peur, mais je n'arrive pas à bouger, je n'arrive pas à me réveiller.

Pourquoi j'ai autant de mal à me réveiller ?

Je me rendors, même si je dormais déjà et que ces coups je les entendais dans mon sommeil.

Encore, encore. Ces coups effrayants viennent jusqu'ici, de loin, de très loin.

Quelle peur !

Il fait sombre. Tout est noir.

Et pourtant il y a encore ces coups. Plus forts,

de plus en plus forts. Quelqu'un frappe sans relâche à la porte si lointaine de chez moi.

Je voudrais essayer de me réveiller, si je dors, pour me lever et aller ouvrir. Mais je n'y arrive pas. Je me remets à dormir et à écouter ces coups lointains dans mon sommeil.

J'entends aussi une voix, maintenant, qui hurle, qui hurle.

Elle hurle d'ouvrir.

J'ouvre les yeux. Mais peut-être qu'ils étaient déjà ouverts.

Je ne sais pas si je dors encore ou si je suis réveillé. Il me semble que je lève la tête de l'oreiller, que j'essaie de me lever du lit.

Je regarde autour de moi, encore endormi, engourdi.

Je tends une main vers la table de chevet. J'allume la lumière. Mais on n'y voit pas, on ne voit rien.

J'essaie de me redresser, de m'asseoir.

Je tâte le lit, la chaise près du lit, alors que de loin, de très loin, continuent de résonner ces bruits de coups et ces hurlements.

Je sens sous mes doigts le petit tas en boule de mes culottes courtes.

Je les enfile, debout sur les lattes glaciales du plancher, me tenant au mur d'une main pour ne pas tomber.

J'enfile aussi les socquettes, les chaussures, encore endormi, engourdi.

Je fais quelques pas vers l'escalier en bois. Je commence à descendre, très lentement, un pas après l'autre, parce que mes jambes sont petites et que les marches sont hautes, très hautes.

Je suis dans la cuisine.

Je me dirige vers la porte, marchant sur le sol fraîchement lavé, tandis que continuent d'arriver, toujours de plus en plus près, ces cris, ces coups.

J'aperçois autour de moi, même si j'ai l'impression de ne rien voir, la table bien rangée, le dessus de la cuisinière, les poignées astiquées, la cheminée nettoyée.

J'arrive enfin à la porte.

Je l'ouvre.

J'ouvre également les volets en bois, qui vibrent sous les coups.

Il y a un homme en face de moi.

Il s'arrête brusquement, en me voyant.

Moi aussi je m'arrête.

Il a enlevé la capuche de sa parka, il chasse la neige de ses épaules, d'une main.

— Pourquoi tu as mis aussi longtemps à ouvrir ? il me demande.

— Je n'arrivais pas à me lever.

Il me regarde.

Moi aussi je le regarde.

— Qu'est-ce qui s'est passé ? il me demande encore, à voix basse, dans un souffle.

— Je me suis tué.

Il continue à me regarder, les yeux grands ouverts, en silence.

— Viens ! il me dit subitement.

— Mais il fait nuit noire ! C'est la tempête !

— Viens !

— Mais on ne voit plus les chemins ! On ne peut aller nulle part ! On ne voit rien !

— Viens !

Je lui donne ma petite main.

Il me la prend, dans sa grande main.

— On va où ? je lui demande.

— Je ne sais pas.

Collection Verdier/poche

Les décisions doctrinales du Grand Sanhédrin
réuni sous les auspices de Napoléon le Grand

Le Dit de Hôgen. Le Dit de Heiji

Le Dit des Heiké

Le Dit de Heichû

JACOB BEN ISAAC ACHKENAZI DE JANOW
Le Commentaire sur la Torah

MOHAMMAD ALI AMIR-MOEZZI
Le Guide divin dans le shi'isme originel

PHILIPPE ARTIÈRES et DOMINIQUE KALIFA
Vidal, le tueur de femmes

PAUL AUDI – Rousseau : une philosophie de l'âme

PAUL AUDI – Créer. Introduction à l'est/éthique

PAUL AUDI – L'Affaire Nietzsche

PAUL AUDI – Analyse du sentiment intérieur

BASHÔ – Friches

JOSÉ BERGAMÍN – La Solitude sonore du toreo

PIERRE BERGOUNIOUX – Les Forges de Syam

DOMINIQUE BLANC et DANIEL FABRE – Le Brigand de Cavanac

JEAN BOLLACK – Parménide

FRANÇOIS BON – Paysage fer

GIUSEPPE BONAVIRI – Le Murmure des oliviers

DAVID BOSC – La Claire Fontaine

PATRICK BOUCHERON – Léonard et Machiavel

PIERRE BRUNEL – Ce *sans-cœur* de Rimbaud

VARLAM CHALAMOV – Correspondance avec Alexandre Soljenitsyne
et Nadejda Mandelstam

VARLAM CHALAMOV – Les Années vingt

VARLAM CHALAMOV – Récits de la Kolyma

BÉATRICE COMMENGÉ – La Danse de Nietzsche

DIDIER DAENINCKX – Cannibale / Le Retour d'Ataï

SILVIO D'ARZO – Maison des autres

MIGUEL DELIBES – Cinq heures avec Mario

MIGUEL DELIBES – Les Saints Innocents

MICHÈLE DESBORDES – La Demande

MICHÈLE DESBORDES – La Robe bleue

IOURI DOMBROVSKI – Le singe vient réclamer son crâne

JOSY EISENBERG, ADIN STEINSALTZ – Le Chandelier d'or

BENJAMIN FONDANE – Le Mal des fantômes

BENJAMIN FONDANE – Écrits pour le cinéma

Armand Gatti – Le Poisson noir. Un homme seul
Carlo Ginzburg – Le Juge et l'Historien
Carlo Ginzburg – Mythes emblèmes traces
Jean-Luc Godard et Youssef Ishaghpour – Archéologie du cinéma et mémoire du siècle
Benoît Goetz – La Dislocation
Nikolaï Gogol – Les Âmes mortes
Hâfez de Chiraz – Le Divân
Rabbi Haïm de Volozine – L'Âme de la vie
Jean-Baptiste Harang – Prenez un coq
Hugo von Hofmannsthal – Le Lien d'ombre
Hugo von Hofmannsthal – Jedermann
Youssef Ishaghpour – La Miniature persane
Youssef Ishaghpour – Le Cinéma
Youssef Ishaghpour – Kiarostami
Sigismund Krzyzanowski – Le Club des tueurs de lettres
Jacques Laurans – Pierre Soulages, trois lumières
Annie Le Brun – Appel d'air
Alain Lercher – Les Fantômes d'Oradour
Benny Lévy – Lévinas. Dieu et la philosophie
Benny Lévy – L'*Alcibiade*. Introduction à la lecture de Platon
Benny Lévy – Le *Phédon*. Philosopher en présence de la mort
Julio Llamazares – Lune de loups
Julio Llamazares – La Pluie jaune
Maïmonide, Rachi, Rabbénou Yona, le Maharal de Prague, Rabbi Haïm de Volozine
Commentaires du *Traité des Pères*
Jean-Yves Masson – Hofmannsthal. Renoncement et métamorphose
Jean-Yves Masson – L'Isolement
Maurice Merleau-Ponty – Le Primat de la perception
Henri Meschonnic – Célébration de la poésie
Henri Meschonnic – Critique du rythme
Henri Meschonnic – Poétique du traduire
Jules Michelet – La France devant l'Europe
Pierre Michon – Vie de Joseph Roulin
Pierre Michon – Le roi du bois
Pierre Michon – Dieu ne finit pas
Pierre Michon – L'Empereur d'Occident
Pierre Michon – Fie-toi à ce signe
Pierre Michon – Je veux me divertir

Jean-Claude Milner – De l'école
Jean-Claude Milner – L'Amour de la langue
Jean-Claude Milner – Les Noms indistincts
Jean-Claude Milner – Le Périple structural
Jean-Claude Milner, François Regnault – Dire le vers
Alain Montcouquiol – Recouvre-le de lumière
Antonio Moresco – La Petite lumière
Stéphane Mosès – Système et révélation
Nahmanide – La Dispute de Barcelone
Jan Patočka – Essais hérétiques
Mathieu Riboulet – Le Regard de la source
Mathieu Riboulet – Quelqu'un s'approche
Jean-Pierre Richard – Nausée de Céline
Jean-Pierre Richard – Chemins de Michon
Mario Rigoni Stern – Histoire de Tönle
Rainer Maria Rilke – Chant éloigné
Rainer Maria Rilke – Requiem
Olivier Rolin – Veracruz
Olivier Rolin – Sibérie
Judith Schlanger – La Mémoire des œuvres
Gershom Scholem – Sabbataï Tsevi
Annemarie Schwarzenbach – Nouvelle lyrique
Richard Sennett – La Conscience de l'œil
Pierre Silvain – Julien Letrouvé colporteur
Bernard Simeone – Cavatine
Giani Stuparich – L'Île
Giacomo Todeschini – Richesse franciscaine
Vladimir Toporov – Apologie de Pluchkine
Vladimir Toporov – L'Espace négatif de Krzyzanowski
Emmanuel Venet – Marcher droit, tourner en rond
Emmanuel Venet – Ferdière, psychiatre d'Antonin Artaud
Gérard Wajcman – L'Objet du siècle
Guy Walter – Un jour en moins
William Butler Yeats – Derniers poèmes

Cet ouvrage a été achevé d'imprimer en août 2021
dans les ateliers de Normandie Roto Impression s.a.s.
61250 Lonrai
N° d'imprimeur : 2103061
Dépôt légal : septembre 2021

Imprimé en France